KB135899

초록색 범벅 인간

초록색 범벅 인간

초판 1쇄 발행 2023년 09월 15일

지 은 이 | 김하은
펴 낸 이 | 조미현

책임편집 | 김솔지
디 자 인 | ziwan

펴 낸 곳 | (주)현암사
등　　록 | 1951년 12월 24일 (제10-126호)
주　　소 | 04029 서울시 마포구 동교로12안길 35
전　　화 | 02-365-5051 | 팩스 02-313-2729
전자우편 | editor@hyeonamsa.com
홈페이지 | www.hyeonamsa.com

© 김하은, 2023

ISBN 978-89-323-2320-6 (03810)

• 이 책은 저작권법에 따라 보호를 받는 저작물이므로 저작권자와 출판사의 허락 없이 이 책의 내용을 복제하거나 다른 용도로 쓸 수 없습니다.
• 책값은 뒤표지에 있습니다. 잘못된 책은 바꾸어 드립니다.

초록색 * 범벅 인간

김하은 에세이

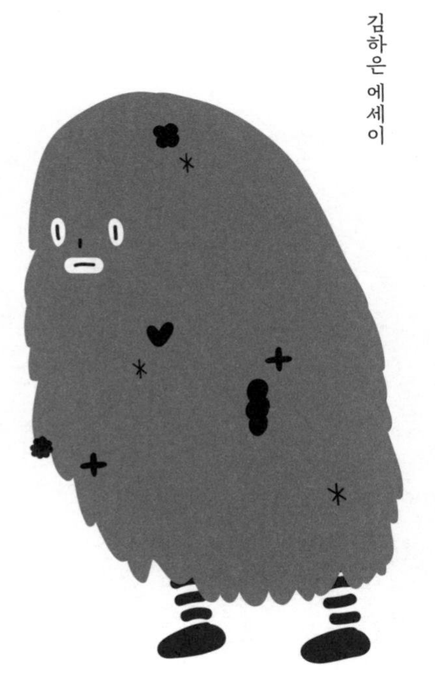

현암사

허구가 아닌

이야기를 알고 있는

우리에게

차 례

1부 * 발단

2부 * 전개

3부 * 절정

4부 * 다시, 전개

1부

발단

0 ——

00

나 비비안은 혼자가 나쁘지 않다고 생각한다. 이 나이 열아홉 살 또래 집단에 속한다는 것은 아주 골치 아픈 일이다. 비비안 나름의 생각이 있다. 어른들은 줄곧 아이들이 그 짧은 인생 경험으로 많은 일들의 가치를 속단해 버린다 여겨 밥그릇 많이 비운 사람의 조언을 빙자한 충고를 늘어놓는다. 나는 그런 어른들의 믿음이 틀렸다고 생각한다.

나에겐 조금 어른의 동네 같아 보였던 명동 중심가에서 처음으로 혼자 카드를 내밀어 까만 시폰 원피스를 샀던 날, 들뜬 마음에 치맛자락을 팔랑이며 거리를 걷던 중 갑자기 비가 쏟아졌다. 서둘러 우산을 샀다. 정수리부터 발가락까지 젖지 않은 곳이 없었다. 물웅덩이에 뛰어들어 찰박찰박 물을 튀기면서 이상하게도 사람이 없던 주말의 명동 한복판을 거닐던 그 열다섯 살 여름방학은 내게 잊을 수 없는 낭만으로 남았다.

'엄마가 나한테 해준 게 뭔데!' 소리치고 집을 뛰쳐나와 갈 곳을 찾아다니다 보면 늘 영화관에 도착해 있었다. 그런 나를 깨달았을 때 나는 혼자였다. 영화관 끝자리에 앉아 눈앞의 영화에는 집중 못하고 엄마에 대한 미안함과 원망을 속으로 되뇌며 엉엉 울다가 늦은 밤이 되어서야 집에 들어가 다시 나를 되찾은 것도 전부 혼자일 때였다.

혼자 서점에 가는 날을 좋아한다. 새 학기가 되면

대형 문고 서점에 아이들이 몰린다. 그럴 때면 나는 그 아이들과 대화를 나누는 상상을 한다. 같은 나라에 태어나고 같은 언어로 말을 해서 참 다행이라고, 세상에 당연한 건 없다고 하는 내가 가장 좋아하는 노래를 모르는 사람들에게 알려준다. 그들과 함께 엑소의 〈럭키〉를 흥얼거리며 손을 잡고 이 코너 저 코너를 돌아다닌다.

상상이 그냥 상상만으로 그치진 않는다. 옆에 있는 상상의 친구에게 말도 걸고, 노래도 작게 흥얼거리며, 만화에서 본 닌자 걸음법으로 걸어 다니는 연습도 한다. 혼자라서, 혼자니까 혼잣말을 잔뜩 하면서.

혼자는 나쁘지 않다. 오히려 좋다. 그게 열다섯이던 내가 내렸던 결론이다.

새 옷을 입고 간식거리를 신나게 먹어 치우다 보면 꿀 같이 진득한 것이 옷에 묻기도 한다. 하지만 걱정 없다. 옷에 물을 흠뻑 적신 뒤 비누칠도 좀 해주고 햇볕에 말리면 언제 눅눅했냐는 듯 뽀송해진다. 새것보다 더 보드라워지고, 우리 집 섬유유연제 향이 난다. 비로소 나의 옷이 된다.

나는 잔뜩 진득하니 우울해지면 나를 흠뻑 적신다. 비누칠하고 햇볕에 내다 놓으면 언제 그랬냐는 듯 말간 어린아이처럼 변한다.

매버릭

매버릭은 못하는 게 없다. 어릴 적부터 세계 국기와 수도를 다 외웠고 취미가 컴퓨터 해부와 과학상자로 로봇 만들기였다. 더 이상 쓰지 않는 컴퓨터 본체가 매버릭에게는 가장 큰 생일선물이었다.

반면 나는 무엇이든 포기가 빨랐다. 시도조차 해보지 않는 것들이 많았다. 컴퓨터나 로봇, 과학은 매버릭의 영역이라 여겨 다른 것을 하고자 했다. 하지만 어린아이의 머리로는 달리 다른 것을 떠올릴 수 없었다.

그런데 이상하게도 나는 여기저기서 많이 혼나는 편은 아니었다. 물론 다그치지 말아 달라는 엄마의 입김이 있었음을 안다. 이 입김이 비비안과 매버릭 둘에게 모두 해당했을 텐데도 불구하고 매버릭은 선생님들에게 유독 많이 혼났다.

매버릭은 선생님들의 눈에 별난 아이로 비쳤다. 쓸데없는 질문을 자꾸만 했고 호기심도 과도하게 많았다. 나는 동생 루비와 네 살씩이나 차이가 나지만 매버릭과는 두 살 터울이다. 그래서 대한민국의 유치원생과 초등학생이 다닐 법한 학원들은 대부분 다 같이 다녔고 선생님 또한 같았다. 이는 중학생이 되었을 때까지 이어졌다.

내가 열네 살쯤에 큰 훼방을 놓는 바람에 그때부터 나와 매버릭의 길은 갈라지기 시작했다. 큰 훼방이란 이불을 머리끝까지 뒤집어쓰고 학원에 가지 않겠다며 악을 썼던 일이다. 알아듣지도 못하는 수업에 다섯 시간 동안 꼼짝없이 앉아 있기가 벅찼다. 매버릭이 내 나이 때 한 것들이라고 한다. 하지만 중학교 수학도 미처 다 못 끝낸 상태에서 풀어야 하는 고등학교 수준의 과학 문제들은 내게 너무나 버거웠다.

학원에서 레벨 테스트를 본다기에 시험지에 간단한 식을 대충 쓰고 답을 표시했다. 아는 문제는 없었다. 제대로 푼 문제 역시 없었다. 엄마의 고함이 들려오기를 기다렸다. 어쩌면 그 소리를 기대했는지도 모르겠다. 이튿날 엄마는 학원에서 걸려 온 전화를 받았다. 반에서 두 번째로 테스트를 잘 봐서 곧바로 다음 달도 등록했다며 내게 이야기했다. 나는 이불자락을 더욱 세게 움켜쥐었다.

그 후 학원 원장님은 나를 볼 때마다 매버릭과 많이 닮았다며 머리를 한 번씩 누르고 지나갔다. 그 손길이 나를 짓누르는 듯해 몇 번이고 머리를 다시 세웠다.

어릴 적까지만 해도 나는 매버릭이 혼나는 것을 재밌어했다. 다른 친구들이나 선생님이 비웃으면 함께 비웃었다. 흥분해 얼굴이 벌개진 매버릭이 반박하려 들면 배를 잡고 깔깔 웃었다. 다들 그러니까 나도 그래도 되는 줄 알고 함께 웃어 넘겼다.

여덟 살 가을에 아빠 동료들과 그 자녀들과 함께 난생 첫 캠핑을 갔다. 함께 간 아이들은 모두 나보다 언니였다. 언니들은 매버릭을 소외시켰다. 같이 놀자며 달려오는 매버릭을 밀었다. 넓은 방에서 혼자 자기 무섭다며 같이 자면 안 되냐고 울먹이는 매버릭을 비웃으며 끝까지 쳐냈다.

그날 저녁, 언니들이 아빠들 앞에서 장기자랑을 하자 해서 나는 언니들이 시키는 나의 몫을 해냈다. 민망했지만 시키는 대로 했다. 소외되기가 싫었다. 함께 어울리는 것이 좋았다. 해가 다 졌을 무렵 아빠들 앞에서 장기자랑을 할 때까지 나는 매버릭이 어디에서 무얼 하고 있었는지 몰랐다.

혼자 있는 매버릭을 볼 때마다 아직까지도 이 기억을 떠올린다. 이제는 법적으로도 어른이 된 매버릭의 넓은 등과 굽은 어깨를 볼 때면 작고 동그란 어깨를 말고 있는 초등학생 매버릭이 떠오른다.

언제부턴가 엄마는 항상 말했다. 다른 사람이 무슨 말을 하든 너희 오빠가 어떤 짓을 하든 간에 너는 무조건 가족의 편이 되어야 한다고. 세상 모든 사람들이 등을 돌려도 끝까지 믿는 것, 그것이 우리가 이루어낼 가족이라고 엄마는 간절히 호소해 왔다.

매버릭이 나보다 잘하는 것이 많듯, 나도 매버릭보다 잘하는 것이 많다. 이를테면 매장에서 손 들고 주문하기, 불평등한 상황 속에서 항변하기 등…. 우리에게는 완전히 다른 부분들도 분명 존재했다. 하지만 서로 너무나 닮아 있었고 지구 한 구석에 함께 고립되어 있다는 커다란 공통점도 있었기에 우리는 서로의 베스트프렌드였다. 이 사실을 인정하기까지는 매우 오랜 시간이 걸렸다.

나는 이제 분명 매버릭과 비비안이 다른 사람이라는 점을 인지하고 있다. 그렇게 귀에 대고 말해주지 않아도 안단 말이다. 그러나 지금 내 손에 들려있는 시험 결과와 매버릭이 내 나이였을 때 받은 상장들 사이에 입이 떡 벌어질 만큼의 차이가 있다는 사실까지 무시하기는 쉽지 않았다. 열다섯 살에 '나는 오빠가 아니란 말이야!' 하면서 공부를 걷어차 버린 순간부터 격차가 벌어지기 시작해 결국 여기까지 이르렀다. 대한민국에 사는 학생에게 공부의 진도와 성적이 마음에서 차지하는 부분은 절대적이다.

전부 내가 한 선택이니 후회도 내가 감당해야 한다. 하지만 선택할 당시의 나는 결과가 이렇게 무겁게 다가올 줄 꿈에도 모르고 있었다. 당연히 감내할 수 있을 것이라 생각했다.

열일곱 살로 넘어온 시점부터 나는 샤프와 지우개를 손에서 놓고 지냈다. 몸이 점차 불어났다. 아무것도 하지 않았다. 그냥 두꺼워진 손가락으로 촘촘히 비즈를 꿰어서 반지나 팔찌를 만들었다. 내가 할 수 있는 일은 그런 것뿐이었다.

루비

남의 애는 빨리 큰다.

우리 애도 빨리 큰다.

자갈이 가득한 동굴에서 이리저리 부딪치고 넘어지며 헤매다가 코를 훌쩍이며 뒤를 돌아보니 루비는 이미 키도 마음도 훌쩍 커버린 상태였다. 내가 나만 신경 쓰고 있던 시간이 루비에겐 언니가 침대에 있는 모습으로만 각인될 정도로 길었던 것이다.

루비는 현재진행형 중학생이다. 사회의 부조리함과 모든 것이 뜻대로 되지 않음을 온몸으로 부딪히며 알아가고 있다. 사춘기나 중2병이라는 말은 쓰고 싶지 않다. 한창 불탈 시기였던 때 타오르는 나를 사춘기라고 칭해버리는 것이 불쾌했다. 나는 그때 이것이 그냥 지나갈, 한낱 순간이라고 생각할 수 없었다. 평생 나를 괴롭힐 것만 같았다. 지금 루비는 그 시기에 있는 듯하다.

어렸을 적 루비에 대한 기억은 많지 않다. 루비는 유모차에 앉아 있었고 나와 매버릭은 루비를 아기 보듯이 귀여워했다. 단지 그뿐이었다. 루비가 어느 정도 커서도 그렇게 대했다.

나와 매버릭이 기억하는 과거를 루비는 다르게 기억하고 있거나 아예 기억이 없다고 말하는 경우가 종종 있다. 함께 추억할 수 있는 일이 많았으면 좋았을 텐데. 나는 좀비처럼 축 늘어진 나를 동생에게 보여주는 것이 창피했다. 그래서 더욱 쌀쌀맞게 굴었다.

루비는 표현에 약하다. 하지만 이만큼의 사랑을 쏟으면 미세하고 조심스럽게 돌아오는 사랑의 언어를 느낄 수 있다.

사이에 낀 둘째이다.

폭풍의 언덕 같은 중학생을 지나 열일곱 살로 넘어갈 때 이 오르막길만 지나면 꽃길을 마주할 것이라 생각했다. 그러나 떡국 한 사발 거하게 들이키고 열일곱 살로 넘어간 직후 예상치 못한 바이러스가 퍼졌다. 제대로 된 졸업식, 입학식조차 치르지 못했다. 그렇게 나에 비해 과분한 숫자를 얻었다. 집에 있는 날이 길어지면서 나는 그저 연장된 언덕길을 계속 걸었다.

좋아하는 것은 매버릭과 루비이다.

시대를 아주 잘 타고났다. 대전염병 시대에 태어나 지겨운 학교생활을 덜 할 수 있게 되었다. 누가 강아지고 사람인지도 모르게 강아지와 거실에 누워서 배를 내밀고 누워서 수업을 듣는 것도, 화상 수업 화면을 꺼놓고 거실에서 좋아하는 뮤지컬 노래를 시원하게 부르는 것도 그 시기의 일상이 되었다.

자연스러움 속에서 나만의 것을 찾아내는 것이 나의 특기다. 비즈는 그런 면에서 최적의 취미라 할 수 있다. 늘 네 번 중 한 번 정도 정답을 골라낸다. 나만의 것을 만들고 싶어 미로 같은 동대문 액세서리 상가에서 사람들이 가지 않는 구석진 곳을 기웃거리다가 오만 원어치를 기분 좋게 사 오면 세 번은 늘 실패였다. 하지만 실패조차 즐거웠다.

무엇에도 구애받지 않고, 누구에게도 눈치 주거나 받지 않고 노는 것이 어찌 즐겁지 않을 수 있겠는가!

1 —— 자갈 가득 동굴

근 2년간 학원에 가지 않았다. 정확히 말하자면 못 갔지만 안 갔다고 하고 싶다. 학교에 자주 지각했다. 아침에 집을 나서서 학교 앞 놀이터나 온 동네를 멍하니 돌아다니다 점심 먹을 때쯤이 되어서야 학교에 들어갔다.

여러 종류의 책임감에 헉헉댔다. 어떻게 해야 할지

를 몰랐다. 도움을 얻을 생각조차 하지 못했고 친구에게는 더욱 말하지 못했다. 엄마나 아빠에게도 말할 수 없었다. 오롯이 나만의 고통이었다. 집 밖으로 나가면 나는 또 다른 내가 되었다. 그런 생활이 이어지자 진짜 내가 누구인지 혼동했다.

계속해서 내가 괜찮다고 생각했다. 나는 이상하지 않다고 나는 매우 잘살고 있다고 나를 세뇌했다.

나의 실수들이 우울로 합리화되는 것이 싫었다. 그런 나 자신을 우주 끝만치 혐오했다. 우울이라는 글자가 싫었다. 내뱉거나 생각하는 것만으로도 가슴이 답답해지고 손에 땀이 스몄다. 두 음절의 조화는 최악이었다.

열여섯 살로 넘어가는 겨울, 처음 같은 마음으로 다시 학원에 갔을 때 나는 학원 변기를 붙잡고 토를 쏟아냈다. 아무리 구역질을 해도 가느다란 침조차 떨어지지 않을 때까지 내 안의 모든 것을 토해냈다. 나는 너무 잘하고 싶었는데, 못했다. 내가 하지 못하게 했다.

열다섯은 내가 진정 사는 게 맞나 싶던 날들이었다. 불 꺼진 방 안에서 예고 없이 찾아오는 감정들을 홀로 삼켰다. 나는 없어져야 할 사람이라고 생각했다.

내 실수로 친구를 잃었다. 그럴 수도 있다는 사실을 처음 깨닫자 그간 알아차리지 못했던 실수의 기억들이 파도처럼 떠밀려왔다. 그 전의 나는 내 감정만 생각하는 사람이었다. 다른 사람의 감정을 그다지 고려하지 않았다.

나는 나를 용서할 수 없었다. 끝없이 힘들었던 시간의 기억은 사라졌다. 다음 날이면 누군가 삭제를 누른 듯 없어졌다. 2주고 한 달이고 석 달이고 기억이 없다. 머리에 있는 것을 모조리 삭제해 버릴 만큼 괴로웠던 감정만 머릿속에 남았다. 이미 삭제되어 버린 기억을 다시 살릴 순 없었다. 단지 이 정도로 극도의 공포심을 느낄 수 있을까 하는 날들만을 기억한다.

오늘은 꼭 이 괴로움을 끝내리라, 내 삶을 다시 되찾으리! 어느 날 굳은 다짐을 품고 의자를 쭉 빼서 책상 앞에 비장하게 앉았다. 의자 방석이 납작해 보여서 몰래 루비 방석으로 바꿔도 끼웠다.

앞으로 닥칠 큰 고난을 대비해 일부터 우스운 짓을 했음에도 상황은 변하지 않았다. 글자가 읽히지 않았다. 분명 예전의 나였다면 문제를 술술 풀어냈을 텐데. 기초적인 수학 공식조차 기억이 나지 않았다. 눈앞의 모든 것들이 수채화처럼 번졌다. 한곳에 집중할 수 없었다. 눈의 초점이 맞지 않았다. 할 수 있는 것이 없었다. 나는 무능력한 나에게 가장 큰 슬픔과 뇌가 팽창하는 분노를 느꼈다.

예전, 그러니까 남들에게 공부를 꽤 하는 녀석, 괜찮은 아이로 보이는 것에 심취해 있던 시절에는 늘 나와 매버릭을 비교했다. 어른들은 그러지 않는다고 말해주었지만 나는 늘 어른들이 우리 둘을 하나의 시소에 태워 비교하고 있을 것이라 생각했다. 우리는 떼어놓을 수 없는 생명 공동체니까.

하지만 이제는 아니다. 서로 멀어도 한참 멀어졌다. 나는 절대 매버릭은 될 수 없었다.

감정을 떨쳐낼 수가 없었다. 심장에 거대한 바위가 자리 잡았다. 간신히 바위를 조각내자 돌들이 목 위로 치고 올라왔다. 차라리 몸에 구멍이 뚫리길 바랐다. 더 이상 이런 기분을 느끼지 않을 수 있다면 무엇이든 할 수 있었다. 손가락을 목구멍 속에 넣어 헛구역질을 시도했다. 결국 한두 시간쯤 지나고 나서야 흥분이 가라앉았다. 견디기 어려웠다.

진정이 되었다 싶어 서둘러 책상 앞에 다시 앉았다. 무슨 정신이었는지도 모르겠다. 눈물샘이 고장나 쉴 새 없이 눈물이 흐르고 시야는 뿌옜어도 계속 문제를 읽으려 했다. 수학 객관식 한 문제를 무사히 풀어 넘겼다. 두 문제째 풀던 순간 머릿속에 종이 울리듯 갑자기, 갑작스럽게 내가 지금 뭐 하고 있지 하는 질문이 떠올랐다. 계속해서 되물을수록 펜을 쥔 손이 떨렸다.

찬찬히 되짚어 보며 내가 하던 일을 기억해 보려 애썼다. 처음에는 두 시간 전의 내가 기억이 안 났다. 5분 전이 기억이 안 났다. 곧이어 1초 전 정말 방금 내가 한 일도 기억이 나지 않았다. 순간 내가 누군지 떠오르지 않았다.

아무것도 모르겠는데.

정말 아무것도 모르겠는데.

너무너무 무서웠다.

그 뒤로는 기억이 없다.

2020  0324

숨기기에 급급해 내 감정을 여러 말들로 덮어버리다가 결국 속에만 머금고 있던 것들이 없어져 버렸나 보다.

언젠가부터 생각이 없어졌다.

안 해서 없는 것이 아니라 그냥 진짜 없다. 머릿속이 텅

비어 있다. 예전엔 새하얀 종이 가운데 새까만 오점처럼 외로이 서 있는 느낌이었다면 이제는 그런 나조차 없다. 새하얗다.

생각을 하려 해도 생각이 안 난다. 생각이 나지 않는다. 안 난다.

생각해야 하는데 생각해 내야 하는데 하고 생각하다 보니 진짜 아무런 생각이 없다는 게 무서워졌다. 또 기억이 안 난다. 생각이 없으니 이유도 떠올리지 못하겠다. 막 태어났을 때만큼 절박하게 울었다.

처음으로 나를 잃었다는 사실을 깨달았던 순간이었다.

2020  0526

회의에 잠식된 밤. 괴로움이 아니고, 회의이다. 지금껏 살아온 나에 대한 부정과 허탈 그리고 자괴.

코로나 사태가 이어지며 줄곧 집에만 머물게 되자 나는 꼬리에 꼬리를 무는 생각의 구렁텅이에 빠졌다. 사람을 마주할 기회를 끊어냈다.

열다섯 살부터 이어오던 상담 선생님과의 상담도 코로나를 핑계로 가지 않기 시작했다. 선생님의 눈빛, 나를 향한 말투 그 모든 것에 의미를 부여했다. 선생님마저 내 나쁜 본성을 알게 되고 나를 더 이상 믿지 않게 될까 봐 겁이 났다.

자는 시간이 늘어났다. 나는 나를 제어할 수 없었다. 내가 내뱉는 말과 행동 그 모든 것을 예측할 수 없었고 이미 저질러버린 말과 행동은 부메랑처럼 돌아와 내 목을 졸랐다. 나를 수면 상태로 만들어 아무것도 하지 않게끔 만드는 것이 내 최선었다.

22시간, 또는 그 이상도 잤다. 자고 또 잤다. 아무 꿈도 꾸지 않았다. 눈이 떠지면 곧장 눈을 다시 감았고 그 잠깐의 시간 동안 흘겨본 시계는 늘 같은 시간에 멈춰 있었다.

입학이 끝없이 미뤄지던 4월 그 언저리에 엄마는 나를 병원에 데려갔다. 병원에는 하얀 옷을 입은 사람이 많았고 나는 그 사람들이 무서웠다. 내가 무언가 잘못되었다는 느낌이 어렴풋이 들고는 있었지만, 소아정신과 팻말이 붙어 있는 진료실에 들어서자 내가 정말 잘못되어 버린 것만 같았다.

간단한 질문을 주고받는 초진이 끝나자 구역질이 올라왔다. 구토감을 간신히 억누르며 진료실을 나왔다. 내가 나오자 엄마가 진료실에 들어갔다. 나는 그들이 나를 두고 무슨 이야기를 나누고 있는지 알 수 없어 불안해졌다. 병원 1층의 로비로 뛰쳐나가 계속 발을 움직이며 손톱을 짓이겼다. 불안은 곧 공포로 변했다. 화를 냈다. 엄마는 나를 정신병자라고 생각하냐고. 나는 전혀 이상하지 않다고.

나는 나를 받아들일 수 없었다.

여름이 되어서야 고등학교 입학이 거행되었다. 내

가 정한 학교, 내게 익숙한 동네로부터의 도피, 나의 선택. 기숙사가 있는 자율형 사립고에 지원해 붙었다. 성적 탓에 기숙사는 갈 수 없었지만 그럼에도 좋았다.

나는 내가 작은 동네 탓에 스스로를 옥죄고 있다고 생각했다. 유치원에서부터 만난 같은 친구들, 같은 등 굣길로부터 벗어나고 싶었다. 새로운 곳에서 나를 마주하고 싶었다. 그러면 무엇이든 바뀔 것 같았다.

근 두 달간 온라인으로만 선생님과 아이들을 만나다가 6월이 되어서야 처음 나가는 학교였다. 나는 엄마와 의사 선생님의 우려에도 불구하고 당당하게, 보란 듯이 입학했다. 의사 선생님은 입학 전 자퇴도 생각해 보라고 했지만, 나는 학교를 빠지지 않고 다녔다.

나는 사람이 적응과 사회의 동물이라는 사실을 증명해 내며 여느 고등학생과 다름없이 지냈다. 몇 개월 전까지만 해도 내게 병이 있다고 인정하기 싫어 손톱을 짓이기며 병원 앞을 뱅뱅 돌았다는 것이 가늠조차 안 될 정도였다. 사람은 밖에 나와서 친구도 만나고 수업도 듣고 해야 하나 보다.

아침에 일어나 씻고 머리를 빗고 교복을 입고 학교에 갔다. 학교가 끝나면 지하철을 타고 집에 왔다. 온라인 강의는 재생만 누른 채 잠들어 버렸고 성적은 밑바닥 그대로였지만 나는 즐거웠다. 친구들과 웃고 떠드는 시간이, 매일 밤 내일 학교서 친구들과 어떤 이야기를 할지 생각하는 것이.

이제 비비안은 모든 것을 다시 시작할 준비가 되었다.

2부

전개

2 — 반가워,
멋쟁이 토마토!

고등학생이 되어 땀자국 없이 새하얀 와이셔츠를 입었다. 새로 맞춘 교복 품은 넉넉했고 조끼에 보풀도 없었다.

우리라고 칭할 수 있는 존재들이 새 학교에도 생겼다. 반가워와 토마토는 새 학교 새 학급에서 처음 사귄 친구들이다. 예비 소집 자리에서 옆자리였던 반가워와 등교 첫날에도 우연히 앞뒤로 앉게 되었다. 그 사실이 반가워 점심시간에 반가워에게 먼저 말을 걸었다. 곧이어 좌측 가장 앞자리였던 토마토와도 이야기 나누게 되었다.

학교는 급식이 맛있었다. 양도 배부를 정도로 많았다. 옆자리에 앉은 반가워가 묵은지 김치 하나에도 엄청난 맛 평가를 해주어서 매 급식 시간이 활기찼다. 코로나라는 역병이 터지고 6월에 고등학교에 들어오기 전까지 좀체 사람과의 접촉이 없었던 나는 끊임없이 말을 걸어주는 친구들의 존재가 너무도 고마웠다.

학교는 급식실이 있는 층이 높아 힘겹게 올라가야 하는 점만 빼면 완벽했다. 교정이 넓었다. 익히는 데 오랜 시간이 걸렸다.

다 함께 같은 수업을 듣고 비슷한 고민을 이야기했다. 서로의 진로를 묻고 모두가 다른 생각을 지니고 있다는 사실에 놀라워했다. 초등학교 졸업 앨범에 있는 친구들만 보아도 모두 제각각 다른 길로 들어섰다.

이 사실을 생각하면 무척이나 신기하다. 지금 이 순간, 우리가 모두 한데 모여서 이런 이야기를 나눌 수 있다는 것이 우연의 형태를 띤 영화 같았다.

학교 앞 떡볶이집에서 함께 환상의 볶음밥(실제 메뉴 이름이다)도 맛보았고 이동 수업 때 늘 서로를 기다려주었다. 여고생 집단이 품는 유대감은 그 어느 것도 뛰어넘는다. 나에게는 유독 그러했다. 지독한 역병 때문에 학교를 잘 나오지 못하더라도 우리가 우리임은 변치 않았다. 서로의 영역을 존중해 주었고 그 무엇도 함부로 하지 않았다. 우리 사이에 있는 약간의 거리감과 따뜻한 경계가 무척이나 소중했다.

친구들은 비즈를 꿰는 내 취미를 좋아해 주었다. 반지를 만들어서 선물하면 뛸 듯이 기뻐했다.

화상 수업 기간에는 우리 동네에 초대했다. 자습을 하는 친구들의 동아리와 달리 내가 가입한 동아리는 동아리 시간에 첫날부터 두 시간을 꽉 채워 온라인 수업을 진행했다. 둘의 방해를 피해 방에서 홀로 수업을 듣고 있는데 갑자기 화면에 열 손가락에 비즈 반지를 낀 손들이 들락거렸다. 친구들이 내가 통에 넣어 놓은 비즈 반지와 팔찌들을 어느새 찾아낸 것이다. 팔랑이는 스무 손가락만큼 내 입꼬리도 스무 가지 모양으로 시시각각 변했다. 전부 올라가 있는 모양이었다. 손가락이 한 사람당 열 개인 것이 그렇게 아쉬웠다.

친구들이 내 생일에 우리 집에 나 몰래 찾아오겠다고 야무지게 선전포고를 했다. 웃어 넘겼지만 어쩐지 진지해 보였다. 생일 당일에 올 것이라 예상했는데 아무도 오지 않았다.

그다음 날 나갈 채비를 하고 있던 와중 반가워와 토마토가 케이크를 들고 나타났다. 이 더운 7월의 여름날 한 시간이 걸려서, 역과도 멀리 떨어진 우리 집에 케이크까지 사 온 것이다! 아파트 복도에서 함께 노래를 부르고 방에 들어와 초를 불었다. 케이크는 가장 웅장한 것으로 골랐다고 한다. 친구들이 귀여웠다. 어두운 방에 노란빛 웃음이 가득 찼다.

나를 괴롭히던 것들을 기록해 보려 한다. 지금이 아니면 이 이 기억조차 잊힐 것이기에. 그토록 잊고 싶었던 일이라 미래의 나는 머릿속에서 지워버렸을 테지만, 혹여 이 기억 속의 나를 마주하고 싶어질 때 이 일기를 건네주고 싶으므로. 열다섯 살의 나는 그렇게 괴로웠음에도 지금 살아 있다고, 그러니 더 열심히 살아가라고 말해주고 싶다.

너는 매일 죽는 날짜를 정해놓고 살았고 죽을 계획을 상세히 세웠다. 이게 마지막 날이라 다짐하면 의미 있는 것을 하게 될 줄 알았는데 이상하게도 사지가 빳빳하게 굳어 손가락조차 네 멋대로 접을 수 없었다.

온 얼굴이 새하얗게 질린 상태로 매일을 살았다. 가끔 가다 거울을 보면 그 앞에 멈춰 설 수밖에 없었다. 하얗다 못해 보랏빛이기까지 한 네 낯은 시체 같았다.

네가 정말 너를 끝낼 날이라 다짐한 날, 목욕탕에 갔었다. 습기가 차 희뿌연 거울을 발가벗은 채 들여다보던 너는 얼굴뿐 아니라 온몸에 보랏빛이 번졌다는 것을 알게 되었다. 안광이 사라진 채 마네킹처럼 멍하니 서서 거울만을 들여다보고 있는 너를 함께 간 친구가 샤워볼로 벅벅 문질러 씻겼다. 손을 잡아 샴푸를 짜주었다. 씻어. 하고 말했다. 너는 손에 있는 샴푸가 퍼지는 모양을 가만 지켜보았다. 눈도 깜빡이지 못했다. 그저 부릅뜨고 있을 뿐이었다.

열다섯의 생일날, 온갖 곳에서 온 생일 축하 알람으로 울리는 핸드폰을 너는 볼 수 없었다. 눈에 들어오지 않았다. 심장에 묵중한 바위가 얹혀 바닥에 딱 달라붙어 버린 것처럼 몸이 바닥에서 일어나지지를 않았다. 죄책감이 똘똘 뭉쳐 돌은 무거워졌다.

보다 못한 엄마가 상담 센터에 (철없던 네가 느끼기에) 던져놓듯이 보냈다. 실은 손목의 자국을 들켜서 그랬을 거라고 예상한다.

사람이 진짜 말 그대로 미칠 수가 있었다. 미치겠다 미치겠다가 정말 현실이 될 수 있었다. 미치겠어서 바닥에 머리를 꽝꽝 박았다. 그래도 나아지는 것이 없었다. 혀를 내밀고 숨을 내쉬며 머리를 마구 때렸다. 얼굴에 찬물을 끼얹어 보고 정신 차리라고 네 목을 조여봐도 하나도 나아지는 것이 없어서 눈앞에 있던 눈썹칼로 피를 냈다. 피가 눈에 보이니까 그제야 한숨이 놓였다. 그 이후로 너는 미칠 것 같으면 피를 낼 수 있는 것을 먼저 찾았다. 다른 방법을 모르는 네가 너를 가장 빨리 안정시키는 방식이었다.

매일 문을 걸어 잠그고 침대에 자석 붙인 듯이 누워 있었다. 너무 힘겨워질 때면 호흡이 가빠졌다. 먼지가 많아서 인가 싶어 창문을 활짝 열기도 했다.

열일곱 살 여름방학, 2년 만에 나는 다시 생활을 가다듬을 수 있었다. 다가오는 학기를 예습했다. 산꼭대기를 보지 않고 바로 앞의 잡초들부터 정리하기로 했다.

2주간의 여름방학 동안 나는 스스로 생각하기에도 한층 괜찮은 사람이 되어갔다. 쓸모 있는 사람쯤은 될 수도 있겠다 싶었다. 뒤처진 진도를 따라잡으려 매일 아침 벌떡 일어나 학원으로 향했다. 공부하는 데 학원이 필수는 아니겠지만 나에게는 나를 붙잡아둘 수 있는 공간이 당장 필요했다.

하루는 버스에서 자다가 내릴 정류장을 건너뛰고 뜬금없이 삼성역에 간 적이 있었다. 여기저기서 추억이 샘솟았다. 나나와 아이돌 생일 기념 컵홀더를 받으러 카페에 가서 블루베리 빵을 먹은 추억, 학원을 파하고 어피치 케이스를 사러 카카오프렌즈 스토어 폐장 시간에 임박해 달려갔던 추억, 동아리 친구들과 선물 산다고 쇼핑몰을 한참 돌아다니기만 했던 추억. 하늘의 구름 하나하나가 추억을 머금고 있었다. 지난 모든 시간을 헛되이 보낸 건 아니었나 보았다. 친구들이 보고 싶었다.

방학이 끝나고 학교에 가니 반가워와 토마토가 있었다. 셋이 모여서 떠들다가도 할 말이 없어져 정적이 흐르는 일이 자주 있었지만 나는 그 어색한 분위기마저 사랑했다. 그 둘이 내가 한 시간 거리 학교에 가는 이유가 될 만큼 좋았다.

아직도 셋이 만나면 어색하다면 어색하다 할 수 있는 공기가 흐를 때가 있다. 그래도 나는 그들이 좋다. 이 거창한 마음을 거창하게 표현하고 싶은데 그만한 표현이 떠오르지 않을 만큼 그들은 나에게 벅찬 감정을 불러일으키는 사람들이다.

도피처로 골랐던 학교는 나쁘지 않았다. 오히려 좋았다. 새로운 환경의 모두 다르게 자라온 친구들로부터 다양한 것을 배울 수 있었다.

최고다. 예상 적중이었다!

2020  1031

내 낭만은 늘 포장되어 있다. 하루가 텅텅 비고 볼품없었을지라도 고작 한순간이 한 부분을 차지하면 나는 감히 오늘을 낭만으로 가득 채웠다 말한다. 혹여 하루가 고단했을지라도 순간은 사라지지 않는다. 학교를 마친 뒤 보는 동작대교의 노을 지는 풍경이, 새벽엔 달과 어둠에 비춰 보는 내 마음이, 풍선 속 숨처럼 가득 채워줄 것이니까.

비비안 23번, 반가워 24번, 토마토 27번.

토마토는 멋있다. 좋아하는 것이 확실하고 그것이 분위기로 펼쳐져 나온다. 살짝 낮지만 정확한 그의 발음, 말투를 너무도 좋아한다. 주스도 될 수 있고 케첩도 될 수 있고 춤도 출 줄 아는 그는 정말로 멋쟁이 토마토이다.

반가워는 멋있다. 친구의 사소한 것도 찾아내 칭찬해 줄 줄 아는 사람이다. 매 순간에 솔직하고 본인의 실수는 곧바로 찾아내 검토한다. 본인에게도 상대에게도 솔직하고 뒤끝 없는 그의 매력은 이루 말할 수 없이 사랑스럽다.

3 — 악몽

병원에 가지 않기 시작했다. 애초에 가고 싶지 않은 곳이었다. 상담과 병원 없이도 나는 살 수 있었다. 모든 것을 잊고 마냥 즐거이 살 수 있는 날이 다시는 오지 않을 것이라 생각했었다. 끝없이 추락하는 법을 알아버린 이상 멈출 수 없을 것이라 생각했었다. 이미 희미해질 대로 희미해진 빛을 향해 올라가는 방법은 존재하지 않는 듯 보였다.

그러나 나는 스스로의 힘으로 올라올 수 있었다. 지난날을 잊는 것 또한 가능한 일이었다. 나는 그렇게 살아갈 수 있었다. 그럴 수 있는 사람이었다.

2021  0201

뒤죽박죽 서툰 솜씨로 싸인 나의 인생은 흥미롭지 않다. 무엇도 열심히 해본 적이 없기에 이젠 마음껏 추억할 날도 남아 있지 않다. 이미 무너진 나의 세상을 왜 자꾸만 다시 화분에 심어 가꾸려는 걸까.

의욕이 없다. 더 이상 낭비할 시간이 없음을 알고 있음에도 의욕은 살아나지 않는다. 세상천지에 나보다 나쁜 사람이 있을까 생각한다. 나는 철저히 혼자여야 한다.

산만함 속 고요함이 인상 깊은 사람이 되고 싶다.

잔잔하게 늘 기억 속에 머무르는.

타인의 기억 속에 풍덩 빠지고 싶다.

열심히 발버둥 쳐서 둥둥 떠 있어야지.

기숙사에 합격했다. 지난해, 통학의 어려움을 몸소 느끼고 있던 와중 왜 내가 이 학교에 오게 되었나를 재고해 보았다. 내가 집 주변의 학교에 가지 않고 이 학교에 더 오래 남아 있을 이유를 찾았다. 기숙사밖에 없었다.

입학할 때 기숙사 신청서를 냈지만 반려당했다. 어쩐지 지기 싫은 마음이 들어 2학기 때는 끝까지 고민하다 기숙사를 신청하지 않았다. 하지만 이번엔 신청했고, 붙었다. 2학년을 새로 시작할 수 있었다.

고등학교 2학년. 나에게 직책이 주어진 것만 같았다.

주어진 이름에 있어 최선을 다해야 할 것만 같았다.

기숙사에 있으니 여러모로 긴장하게 되어 잠을 푹 자지는 못했다. 그래도 잘 수는 있었다.

다정한 룸메이트들이 서로를 다독였다. 함께하는 공부에 힘입어 놓았던 수학을 열심히 풀어 넘겼다. 시간을 지불한 대가는 확실했다. 실수로 틀린 시험 문제에 좌절도 했고 올라간 성적에 기뻐도 했다. 성적 변화 그래프가 재밌어졌다. 종일 수학 문제를 풀었다. 쉬는 시간도 예외가 아니었다.

한 번 크게 변한 뒤로 등급은 계속해서 그대로였다. 넘을 수 없는 견고한 벽이 있어 보였다. 3등급에서 넘어서질 못했다. 계속해서 3등급이 나오자 나는 3등급짜리 인간인가도 싶었다. 이때부터 우리나라 입시에서 벗어나고 싶은 욕구를 조금씩 느꼈던 것 같다.

하지만 굴하지 않고 계속해서 헤쳐나갔다. 학원에서 남들이 문제집 한 권을 다 풀 때 나는 세 권을 풀었다. 부정적인 생각을 하면서도 이 나라의 고등학생이 느낄 법한 보편적인 감정을 나 또한 느끼고 있는 것 같아서, 이 세상에 드디어 편입된 것 같아서 기뻤다. 오르지 않는 성적에 좌절도 했지만 이런 이유로 눈물을 흘릴 수 있게 된 내가 뿌듯하고 장했다.

나를 되돌아볼 여유가 생겼다. 차차 나를 정리했다. 나를 객관적으로 보는 것이 목적이었다. 룸메이트와 밤에 깊은 이야기를 서로 나눌 수 있었다. 서로의 고민을 들어 줄 수 있었다. 규칙적인 생활을 하며, 나는 점차 일상을 회복해 가는 듯했다.

2021 

0626

보편적인 감정이라 생각했다. 모두가 겪는 성장통의 일부라 생각했다. 어디서부터 잘못된 것인지.

초록색의 사람이 되고 싶었다. 기숙사에 있는 이불

과 욕실 슬리퍼, 하물며 문제집과 노트까지 전부 초록색이 되었다. 나는 이제 초록색이 될 것이다.

2021  0708

싱그러운 사람.

초록빛 아우라를 품는.

할머니가 이제 한쪽 눈마저 잘 보이지 않으신다는 소식을 들었다.

할머니는 엄마의 엄마다. 엄마와 같은 이름을 가진 엄마의 엄마다. 우리 할머니는 고슴도치다. 내가 하는 것이면 뭐든 좋고 내가 최고라며 엄지를 치켜세우신다. 다른 애들은 아무래도 다 별로라신다. 소녀시대보다 더 예쁜 나는 할머니 할아버지의 반짝반짝 샤이닝 스타다. 엄마는 늘 할머니를 고슴도치 할머니라 부른다.

증오했다면서 그랬다면서 그랬으면서 또다시 엄마 치맛자락 뒤에 숨어버린다.

* * *

생소한 감정이었다. 내 감정의 폭이 작다고 생각했다. 다양한 감정을 느껴보지 못했다고 생각해 왔다. 겪지 못한 감정들을 동경한다. 하지만 때론 감정적 질식의 원천으로부터 도망치고 싶어 감정들을 저 구석에 꿍쳐둔 걸지도 모르겠다.

여즉 어린아이마냥 회피하기 바쁘다. 할머니가 나를 다독이려 하면 상기하고 싶지 않은 기억이 떠오른다는 이유로 속없는 말을 내뱉었고, 다그치려 하면 곧바로 자리를 피해버렸다. 어느 순간부터 그 따스한 눈을 마주하는 게 두려워 얼굴을 똑바로 마주하며 이야기하는 일이 드물어졌다.

나는 어느 장면에서나 이기적이었다.

모두가 원망스러웠다. 내가 도움이 되지는 못할망정 힘

들어지도록 부추기는 역할만 하는 것 같아서, 어렸을 때보다 더 어리광을 부리고 있는 것 같아서. 이제 와 생각해 보니 나는 그 사이에서 떠들어대며 말만 얹었을 뿐 정작 진심 어린 말 한마디를 하지 못했다. 나는 그들보다 더한 악마였다.

이전의 나는 어리석게도 모두가 나와 같은 방식으로 행동하고 느낄 거라 단편적으로 생각하고 말았다. 말로 하는 위로보단 언제나와 똑같은 일상의 한 부분이 되어주는 것이 나을 거라고 믿었다. 오늘도 어제와 별반 다름이 없고 앞으로도 그럴 것이라는 믿음에 보탬이 되어주는 게 가장 큰 위로일 것이라 생각했다.

어리석었다. 마음은 표현하지 않으면 그저 형체 없이 그저 둥둥 떠다닐 뿐이다. 아무도, 심지어는 나조차도 그 마음을 잡아먹을 수 없다.

고슴도치 할머니가 나를 붙잡고 다그치며 눈물을 보이셨다. 내 딸에게 그러지 말아 달라며 울부짖으셨다.

엄마가 불면증 약을 먹기 시작했다. 엄마와 나의 싸

움은 줄어들긴 해도 멈추진 않았다. 엄마는 너무 많은 것들을 홀로 감당하고 있었다.

내 사춘기는 해일 같았다. 바람은 나에게만 불지 않았다. 엄마에게는 더욱 강한 바람이 불었다. 감히 짐작할 수 없는 마음들이 엄마라는 이름을 가지면 생기나 보다. 나는 그것을 너무 늦게 알았다.

아무 말도 할 수 없었다. 당시 나는 오히려 아무 생각이 없었다. 지금 생각하면 내 팔을 잡고 정신 차리라고 마구 흔들고 싶다. 그럼에도 할머니의 눈물은 오래 내 머릿속에 남았다.

2년 전 차에서 할머니께서 유방암 진단을 받으셨다는 소식을 들었다. 나에게 그 소식을 천천히 전하던, 앞만 보고 운전하던 엄마의 얼굴을 또렷이 기억한다. 아직도 머릿속 서랍장에는 그날의 비디오가 먼지 한 톨 쌓이지 않은 채로 저장되어 있다.

친척들은 모두 모른댔다. 모른 척을 한댔다. 내가 우리 엄마를 너무 괴롭혀서 이제는 같이 행복만 하기로 했는데 주변 사람들이 도와주질 않았다. 또 우리 엄마만 괴롭힌다.

우리 엄마는 우리 엄만데. 할머니도 본인들 엄만데. 우리 할머닌데. 우리라고 말할 수 있는 사람이 있다는 것이 그들에겐 소중하지 않은가 보다.

집 앞 서점이 새롭게 단장했다. 나는 여느 때와 같이 문구 코너에 들르러 서점에 갔다.

나는 문구홀릭걸이었다. 나의 것을 꾸미고 싶어 하는 여느 학생과 다름없이 서점에만 가면 새로 들어온 필통이나 문구류를 살피기 바빴다. 책 쪽에는 아무래도 관심이 없었다. 나는 심지어 만화책과도 거리가 멀었다. 초등학생일 적 엄마는 내게 책 좀 읽으라고 잔소리를 하다 못해 책 한 권 당 삼천 원을 준다는 조건까지 걸었다. 물론 문구홀릭걸은 꿈쩍 않았다.

그러던 나에게 불쑥 시집이 나타났다. 문학에 전혀 문외한이던 내게 문학의 극치인 시집이 다가왔다.

문구 코너를 훑고 밖으로 나가려고 에스컬레이터를 타러 가던 중이었다. 에스컬레이터 앞의 매대에 놓인 책 표지가 눈에 띄었다. 글자들이 서로 겹쳐 인쇄되어 있었다. 속을 들여다보니 빽빽하게 들어찬 글자들이 어딘가로 흘러가고 있었다. 제목조차 『그리하여 흘려쓴 것들』이었다.

그 순간 나는 그 시집에 반해버렸다. 대수롭지 않게 책을 내려놓고 다시 에스컬레이터로 향하는데 그 시집을 지금 당장 사지 않으면 안 되겠다는 생각이 들었다. 곧장 돌아 그 시집을 집어 그날따라 많은 인파를 뚫고 계산대에 도착했다.

이 책이 시발점이었다. 책상에 앉아 있을 때면 꼭 전등 옆에 시집을 껴놓고 그때그때 읽고 싶은 시를 읽었다. 시를 한 편 읽는 데는 오랜 시간이 걸렸다. 시를 읽을 때마다 매번 다른 생각이 들었다. 시를 읽는 내가 신기하면서도 시만 생각하면 마음이 포근해졌다. 속을 털어놓을 수 있는 친구가 생긴 기분이었다.

나는 이 시집을 기숙사에도 가져가 가장 잘 보이는 곳에 두었다. 이렇게 나는 서점에 가면 한국문학 책장에 가장 먼저 닿는 사람이 되었다.

2021  0802

나는 그럴 사람이 아니기에, 그렇게 대하기에 마땅한 사람이 아니기에 화가 난 것입니다. 결코 슬퍼서 눈물이 나온 게 아니란 말입니다. 내 모습이 쪽팔려서, 당신에게마저 이런 존재밖에 되지 않는 나 자신이 무척이나 실망스러워져서, 나를 처음 보는 당신에게도 나는 고작 그런 아이구나 싶어서, 지금 글을 적어 내리고 있는 와중에도 나는 당신과 나를 구분 지으려 부사 하나라도 덧붙여 더욱 강조하려고 힘쓰고 있습니다. 당신이 생각하는 것처럼 나는 마냥 나약한 어린 인간만은 아닙니다. 다른 인간들과는 철저하게 다른 사람이란 말입니다. 증오하게 되었습니다. 당신을 말입니다.

내신 국어 학원을 새로 등록했다. 내신 수업이라 학원 아이들 모두 같은 학교 같은 학년이다. 대단히 시끄러웠다. 나는 아이들 사이에 잘 끼어드는 편은 아니었고 그럴 의지도 없었다. 늘 그렇듯 왼쪽 구석 앞에서 네 번째 자리에 앉았다. 너무 눈에 띄고 싶지는 않으면서도 수업은 열심히 듣겠다는 의지를 선생님께 보여줄 수 있는 적당한 자리였다. 열심히 수업을 듣고 필기를 했다. 숙제도 할 수 있는 만큼 열심히, 그것도 정해진 분량까지 다 했다.

선생님은 아이들과의 수다를 즐겼다. 숫기 없는 아이들은 선생님의 시야 안으로 들어가지 못했다. 선생님께서는 수업이 끝나고 질문이 있다면 줄을 서라고 했다. 나 또한 일어나서 줄을 섰다. 하지만 선생님과 친한 아이들은 무작정 달려가 곧장 모르는 것들을 물어보았고 내 순서는 점차 뒤로 밀려났다.

결국 나는 집에 가서 혼자 알아보는 것이 낫겠다 판단하고 가방을 메고 교실 뒤로 나가려 했다. 그 순간 선생님이 나에게 나갈 거냐고 말을 걸었다. 그 후는 잘 기억이 나지 않는다. 온 아이들의 시선이 내게 집중되었다는 것, 굉장히 당황스러웠다는 것만 기억한다.

1층으로 내려가는 엘리베이터 안에서, 집으로 돌아가는 차 안에서 계속 눈물이 흘렀다. 처음 느껴보는 감정으로 흐르는 눈물이었다. 나는 낯을 가리는 편이라 새로운 환경에서 입을 잘 떼지 못한다. 말을 거느니 차라리 불편한 상황을 감수하고 마는 일은 더러 있어왔다. 그런데 이번엔 뭔가 달랐다.

내 안에서 부글부글 라면이 끓었다. 인덕션 숫자를 9로 설정한 듯 물이 끓어 넘쳤다. 손으로는 넘친 물을 다시 냄비에 담지 못했다.

화가 끓는 와중 나는 『나는 소망한다 내게 금지된 것을』의 주인공 강민주처럼 생각하려 애썼다. 나는 다른 사람이라고. 그렇게 대해 마땅한 사람이 아니라고. 나는 보통 사람과는 철저히 다른 사람이라고.

2021 DIARY 0811

계속 들어. 죽고 싶은 생각이.

예전 같은 두려움이 계속 찾아와.

무섭다. 아마도, 아마도 나는 무서운 것 같아.

예전으로 돌아갈까 봐, 다시 죽고 싶을까 봐, 그래서 모두에게 피해만 줄까 봐, 또다시 엄마에게 죄책감과 패배감을 느끼게 할까 봐. 아마도 그게 두려운가 보다 나는. 아직도 나는 나를 모르겠어. 나와 친해졌다고 생각했는데 뭘 그리 뛰어다니는지. 좀 기다려봐 내가 너를 묶어둘 수 있게.

2021

0826

엄마가 조금 더 이기적이었으면 좋겠어.

　내 유일한 친구가 엄마라서 엄마가 내 아픔에 더 아파하지 않았으면 좋겠어.

괜찮은 척하지 않았으면 좋겠어.

내가 엄마를 좋아하는 만큼 엄마가 나를 좋아하는 만큼 엄마도 엄마를 좋아해 주었으면 좋겠어.

있잖아, 엄마. 나한테 천 원 주면서 내 꿈을 엄마가 샀다고 말해줬을 때 있잖아.

"엄마 알지? 엄마 짱짱 세잖아. 엄마 완전 짱이야. 이 세계 최강. 그니까 나쁜 꿈 엄마한테 다 털어버려. 내가 천 원 줬으니까 이제 그 꿈은 내거야. 봐봐. 엄마 아무렇지도 않잖아."

엄마가 하는 말에 아무렇지도 않은 척했지만 사실은 나 정말 큰 위로가 됐어. 정말로 걱정도 없어졌고 말이야. 하지만 엄마가 아파하지 않았으면 좋겠어. 엄마가 내가 아프지 않았으면 하는 마음처럼 나도 엄마가 아프지 않았으면 해.

꿈을 꾸기 시작했다. 시작은 여름방학 직전 기숙사에서였다. 강아지들이 넘어진 내 위를 덮치는 꿈을 꾸는 바람에 새벽에 화들짝 깼다. 너무도 생생하고 소름이 돋아서 곧바로 핸드폰을 들어 기록했다.

그 이후로 계속해서 꿈을 꾸었다. 꿈 시나리오만 보면 분명 나쁜 상황, 악몽이었다. 정말 악몽이 맞는지 길몽은 아닐지, 미신을 믿어보기로 하고 인터넷을 찾아봤다. 인터넷에 나와 있는 정보로는 알 수 없었다. 내 꿈은 더 상세하고 생생했다.

꿈이 나와 연결되어 있다는 느낌을 떨쳐낼 수 없었다. 나의 치부를 드러냈다. 꿈은 농담을 하지 않았다.

꿈1

남자가 나를 붙잡고 곧 위험이 닥쳐올 것이라며 경고한다. 위를 보라고 한다. 내 말 맞지, 하고 말한다.

2층 우리 집 베란다 쪽에서 수백 마리의 강아지가 끊임없이 유리창을 깨고 짖으면서 뛰쳐나온다.

놀라서 앞마당 돌 선반에 자빠져 누웠더니 그가 나에게 말한다.

더 무서운 건 고양이야. 강아지는 짖기만 하지만 고양이는 할퀴고 물어서 절대 놓지 않아.

밑을 봤더니 갑자기 고양이 두 마리가 내가 누워 있는 선반 밑에서 튀어 올랐다. 내 다리를 밀고 바지를 꽉 쥐어 넘어뜨렸다.

나 이제 정말 죽는구나, 떨어지겠구나, 하는 순간 깼다. 눈을 뜨고서도 몇 번이고 온몸을 떨었다.

꿈2

누군가 날 괴롭힌다. 상대도 나도 교복을 입고 있었다.

그 사람이 나를 커터칼 조각을 잔뜩 풀어놓은 수영장에 밀쳤다. 수영을 할 줄 알고 수영장이 그렇게 깊지 않았음에도 불구하고 바닥을 딛지 못했다.

커터칼에 긁혀 양쪽 팔 안쪽에 상처가 났다. 그 상처들이 정말 내가 낸 상처들처럼, 그 자국들처럼 온통 빨개져 피와 함께 부었다. 손목에서 시작되어 팔 안쪽을 전부 덮은 상처는 점점 내 몸에 번져갔다. 끔찍했다.

그 자국들 탓에 이상한 사람 취급을 받고 결국 경찰서까지 갔다. 엄마조차 날 믿고 도와주질 않았다. 내 편이 아무도 없었다.

나를 밀친 그 아이는 무혐의로 풀려났다. 난 다시 지옥 속에 들어갔다. 머릿속에는 두려움만 가득 찼고 '우리엄마가그럴사람이아닌데' 하는 호흡마저 없는 문장이 계속 입 안에 머물렀다. 아무래도 이건 꿈이니까 하는 생각도 잠시 들었던 것 같다.

꿈 치곤 너무나 생생한 공포영화였다.

2021  0830

나는 모두를, 모든 것을 극도로 무서워하고 두려워했다. 딱히 입 밖으로 이유를 내뱉지 않았다. 말 못할 이유인 것 같았다. 다가오지 말라며 윽박지르고 소리 지르고 온갖 난동은 다 피웠다. 다들 내게 정신이 나갔다며 손가락질했지만 나는 꿋꿋이 그 손가락들을 다 받았다. 내치지 않고 다 받았다. 굳이 이유를 설명해 주지 않고 받았다. 말 못할 이유였기에 그러한 감정이었기에. 상대는 가족이었다. 모두가 가족이었다.

집은 목재로 되어 있었다. 세로로 긴 주황빛 목재로 이루어진 벽.

2021  0901

다 아는 친구들이었다. 집 근처 학교였다.

거기에서만 파는 무얼 샀다가 맛있었던 기억이 있어 다시 사러 갔는데 붙잡혔다.

모인 아이들은 다 아는 애들이었다. 기억 저편에 숨어 있던 어릴 적 친구들이었다.

나는 새벽 1시에 갔다. 폰 배터리는 23퍼센트.

관계자가 엄마한테 심장 치료 때문에 아침까지 여기에 있어야 한다고 연락하라 했다. 아침에 데리러 오는 것도 들키면 안 되어서 몇몇 부모님만 오실 예정이라 했다.

나의 차례가 되어 치료를 하는데 등 피부 안쪽으로 여러 투명한 튜브를 꽂아 넣었다. 그리고 공기를 채워 넣었다. 너무 크게 분 풍선처럼 등이 다 터져버렸다. 등이 뽑히는 기분이었다. 나는 맘껏 소리를 질렀다. 빵끗 웃어보래서 웃음도 지었다.

2021  0907

배경은 우리 집 안방 화장실.

나는 피를 토했다.

입을 열어 무슨 음악을 재생 중이었는지 봤다.(이상하다.)

내 예전 플레이리스트에 있던 곡들이었다.

오빠는 기겁했다. 엄마를 부르러 가겠다고 했다.

나는 무척이나 태연했다. 싱긋 웃었던 것 같기도 하다.

꿈은 무얼까?

명사

① 잠자는 동안에 깨어 있을 때와 마찬가지로 여러 가지 사물을 보고 듣는 정신 현상.

② 실현하고 싶은 희망이나 이상.

③ 실현될 가능성이 아주 적거나 전혀 없는 헛된 기대나 생각.

유의어 공상, 꿈결, 꿈나라

잠자는 동안 머릿속에서 펼쳐지는 스펙터클한 드라마와 실현하고 싶은 희망이나 이상이 어떻게 같은 명사로 표현될 수가 있을까?

내 꿈은 너무도 드라마 같아서 가끔 현실과 구분이 모호해질 때도 있었다. 서점에 들를 때 '꿈'이 제목이나 중요한 키워드라면 바로 읽어보고 구매를 고려해

보는 습관이 생겼다.

잠에서 깨도 꿈에서는 깨어나지 못했다. 꿈이 나를 잡아먹었다. 얼굴이 변해간다. 입이 뒤틀린다. 내가 싫어하는 나다.

처방받은 약을 먹지 않기 시작했다. 이상한 꿈들이 다 약에서 비롯되는 것만 같았다. 약의 효능을 알 수 없었다. 내 몸의 반응은 약의 복용 여부와 관계없는 듯 보였다.

2021  1024

꿈자리가 뒤숭숭해 이불을 바꿔보았다. 방 구조를 바꾼 김에 쨍한 초록색으로. 의도치 않게 벽지 두 면과 커튼까지 초록색인 바람에 초록 범벅 방이 되었다. 벽의 나머지 두 면은 하늘색이다. 이사 올 때 모두가 반대했는데도 고집한 엄마의 아이디어였다.

내가 남들에게 초록색을 좋아하는 사람으로 인식되는 것이 좋았다. 점점 나를 초록색에 가두었다. 나 자체가 숲이 되고 싶었다.

초록색을 좋아하게 된 것은 우연이었다. 열여섯일 때 우연히 메론색에 빠졌다. 그래서 하나하나 메론색인 것들에 홀려 사들이다 보니 내 물건이 온통 메론색이 되었다.

나는 메론색을 좋아하는 것인데, 친구들은 내가 초록색을 좋아하는 줄 알았다. 뭐 그것도 그대로 좋았다. 초록색을 보면 나를 떠올린다는 말이 좋았다. 나를 생각해서 초록색 물건을 하나씩 선물해 주는 친구들의 마음이 고맙고 이런 마음이 나에게 닿을 수 있어서 기뻤다.

이제 내 방까지 초록색으로 덮였다. 초록색 이부자리, 초록색 줄무늬 커튼, 초록색 캐비닛, 초록색 전등. 루비 말로는 시금치 방이 되었다.

무언가를 좋아하고 좋아하는 것으로 사람들에게

기억된다는 것은 참 멋진 일이다. 조금 과한가도 싶었지만 나는 초록색이 된 내가 좋았다. 이대로가 가장 좋았다.

4 —— 초록색 범벅 인간

바다가 싫다.

물이 싫다.

나를 가라앉게 만들 수 있는 바다가 싫다.

심해로 끝없이 가라앉을지도 모른다.

인간은 심해에 대해 아는 것이 없다.

아무것도 없는 곳으로 빨려 들어가는 것이 무섭다.

파란색은 싫다.

심장이 차갑다. 시리다. 치과에서 스케일링할 때 느끼는 시림과 그 시림에서부터 오는 날카로운 아픔이다. 치과 같다. 치과에 온 것 같다. 헤드폰을 씌워주고 애니메이션이나 보고 있으라고 말해주었으면 좋겠다. 내가 아픔에 집중하지 못하도록 나의 초점을 누군가 조절해 주었으면 좋겠다. 내 시린 심장을 꺼내 보여줄 수 없어서 너무 괴롭다.

나는 아파할 이유가 없다. 그럼에도 심장은 가라앉는다. 나는 나 때문에 아팠다. 나 때문에 힘들었고 나 때문에 다쳤다. 부정하려 하지 않았다. 세상의 모든 문자들은 나를 겨냥한다. 내가 맞는다.

2021 DIARY 0923

숨이 막힌다. 감히 최악이라 말할 수 있을 하루이다. 손발이 떨려서 펜을 잡지 못하겠다. 누가 심장을 꽉 쥐고 있는 것만 같다. 가만히 있으면 숨을 쉬 수가 없다. 끊임없이 들이마시고 냇어야 한다 약 먹고 싶다 역을먹으ㅕㄴ괜찮아질까자버리면나아질까너무함들다. 엄마함테말하고싶다 예전의나는 이런생각들지도않앗는데어떻게버텻던걸까너는무슨생각이 엇던걸가너는정말로무슨샌각이엇던걸까

뭔가 이상하다. 과거의 내가 궁금했다. 무슨 생각으로 악을 쓰며 버티기만 했는지. 아무한테도 도움을 요청하지 않고 혼자만 버텼는지. 어떻게 했을까. 어떻게 한 걸까. 도대체 무슨 생각이었는지 모르겠다. 너는 무슨 생각이었을까.

숨이 너무 조여와서 관두고 싶었다. 강아지랑 산책을 다녀온 뒤 힘들긴 했다. 원흉이 무엇이었는지는 잘

모르겠다. 손에 힘이 유독 없었던 것은 기억한다.

생명과학 문제를 풀던 중이었다. 나를 막히게 하는 유전 문제들이 너무 싫었다. 못할 것 같았다. 그래서 침대에 누웠다. 숨이 막혔다. 손발이 떨렸다. 마비된 것처럼 딱 붙어 움직이지 않았다. 움직일 수가 없었다. 의식해서 호흡을 깊게 내쉬고 들이마시지 않는 이상 호흡을 할 수가 없었다. 계속해서 들이마시고 내쉬었다.

급하게 약을 찾았다. 예전에 처방받은 약을 삼켰다. 약의 효능 때문인지 약을 먹었다는 정신적인 인식 때문인지 괜찮아졌던 것 같기도 하다.

너무너무 숨이 차고 심장이 막혀와서 엄마한테 갔다. 예전에는 분명 그러지 않았었는데, 엄마한테 나 아프다고 너무너무 말하고 싶었었다. 그러면 안 된다는 걸 알면서도. 그래서 그 앞에서 한참을 헉헉대면서 울었다. 그리고 방으로 돌아왔다.

다시 시작되었다. 잊었던 감정이 역류했다. 이유를

모르겠다. 나에겐 그러할 이유가 없다. 잘 살고 있었다. 드디어 평범한 삶을 살고 있었다. 더 이상 엄마에게 나를 나누지 말아야 했다.

증상을 기억나는 대로 최대한 나열했다. 나의 근원을 찾아내야만 했다. 병원에 다시 가봐야 하나 고민했다.

2021  0926

쎄한 느낌. 온몸이 시린 느낌이 자주 듦. 구역질이 계속 됨. 죽을 것 같음. 속이 다 무너져 내리는 느낌. 내장이 다 뒤집히는 느낌이라 몸을 제대로 가눌 수조차 없음. 심장이 가동을 안 하고 있는가 싶기도 함. 혹여 배고파 그런가 싶어서 거실로 나와 불을 다 켜놓고 밝은 곳에서 샤인머스캣 몇 알을 집어 먹고 있다. 초반에 조금 먹을 때는 정말로 죽을 것 같더니 조금 괜찮아진 듯하다.

그 이후로 계속 신경을 쓰지 않으려 유튜브랑 웹툰을 보다가 핸드폰을 끄고 자보려 했다. 눈을 감고 이불을 덮자마자 무언가가 심장을 조여왔다. 눈앞에 그림이 그려졌다. 주위에 있는 빵빵한 튜브 같은 것들이 점점 커지며 얇은 나를 점점 더 옥죄고 있었다. 더더 옥죄고 있었다.

심장이 아팠다. 숨을 내뱉고 싶었다. 죽을 것 같았다. 몸이 바스러질 것 같았다. 눈을 뜨고 싶었는데 이상하게 눈을 뜨지 못했다. 어떻게 눈을 떴는데 또다시 나도 모르게 감기더니 이번엔 직육면체 큐브 모양에 갇혀 그대로 위아래로 눌려버렸다. 압축기에 눌려 쭉 납작해졌다. 내 심장도 그렇게 납작해지듯이 조여왔다.

너무너무 아팠다. 겨우 눈을 떠서 일기를 썼다. 이미 본 유튜브 영상을 보며 최대한 아무 생각도 안 하려고 했다. 그게 가장 나은 것 같았다. 말이 되게 두서없이 써졌다. 눈을 감자 언제 그랬냐는 듯 다시 잠에 들었다.

그날 아침 5시 56분. 갑자기 귀에서 삐이 하고 이명이 울렸다. 왼쪽에서 오른쪽으로 내 머리를 관통한 것처럼 뚫고 지나갔다. 한 3분 그러다가 없어졌다.

꿈을 꿨다. 엄마한테 너무 아프다고 병원에 데려가 달라고 말하는 꿈이었다. 말을 더듬으면서 작고 서툴게 말했다. 엄마는 또 아픈 표정을 한다. 온갖 생각이 다 들면서 울면서 다시 방으로 들어왔다. 그리고 나는 모든 것을 후회하고 또 후회했다.

11시 45분. 일어났다. 도중에 세 번은 깬 것 같았다. 일어나자마자 가슴에 돌이 내려앉은 듯하고 숨도 잘 쉬어지지 않는다. 이쯤 되면 폐의 문제가 아닐까.

목 깊숙한 곳 가슴 언저리에 무언가 콱 박혀서 막혀 있는 느낌이었다. 그것을 빼내려 계속해서 구역질이 나왔다. 그것 때문에 숨이 막힌 것 같아 계속 심호흡을 하게 됐다.

쓰러질 것 같다. 매일 밤이 두렵다. 침대가 무섭다. 침대에서 일어날 수가 없다. 오징어 촉수가 붙은 것처럼 몸이 떨어지질 않는다.

2021 DIARY 1005

심장이 아프다. 찢어질 것 같다.

가슴이 답답하나. 무언가 차 있나?

바늘로 찔러서 바람이 빠지게 하고 싶다.

그러면 괜찮아지지 않을까.

심장이너무아픈데 약이 없다.

약이어딨는질잘모르겠다

안보인다 너무너무답답하다

물을엄청마셨다혹여나아지진안을까싶어서

너무햄들다약먹고자고싶다얻ㅅ지

2021  1006

어딘가 찢어진 것 같다. 아니면 돌 포탄이 날아와 박혀 있는 것 같다. 찢어진 것에 가까운 고통이다. 발표하고 싶지 않다. 피피티를 어떻게 만드는지도 까먹었다. 이렇게 못할 바에야 그냥 만들지 않고 하지도 않고 싶다. 집에 가고 싶다. (집에 있지만 집에 가고 싶다.)

남들 앞에서 발표하는 것이 괴롭다. 그만두고 싶다. 안 하고 싶다. 못할 것이다. 책상을 발로 밀었다. 머리를 감쌌다.

선생님께 발표하지 않아도 되냐고 여쭤보겠다 다짐하고 학교에 갔다. 여쭤본다는 표현을 썼지만 나는 이미 발표를 하지 않을 작정이었다. 왠지 모를 화가 났다. 누구를 향한지 모를 화가 끓었다.

기어코 다음에 준비해 오겠다는 대답이 나오고야 말았다. 자리로 돌아왔다. 코가 달아올랐다. 들키기 싫어 급히 화장실에 갔다. 남모를 감정을 변기에 토해냈다.

태양이 싫다. 나는 밤이 너무 무서운데 태양은 밤에는 보이지 않고 달은 낮이 되면 태양에 가린다. 겨울

아침이 밝으면 창밖으로 아이들의 등교 소리가 들린다. 시간이 지날수록 아이들의 나이는 고등학생, 중학생, 초등학생 순으로 어려진다. 어려질수록 발소리와 말소리는 더 커진다.

사람들은 살아가고 있다. 눈을 감았다 뜨면 다시 또 아침이 밝아버린다. 또 새소리가 들린다. 세상이 나를 배신했다. 그렇지 않다면 이럴 리가 없다.

2021  1011

나를 분석해 보자. 비비안을 뜯어보자. 행동 하나하나에 의미를 새겨보고 무작정 떠오르는 생각에도 기저를 찾아 이유를 덧붙여 보자. 나는 나를 분석하며 살아간다. 나라는 개체는 끝없이 퍼져갈 것이다. 변함없이 존재하는 것은 오직 이름 하나일 것이다.

비비안 비비 안 비 비 안

나는 나를 알고 있다고 생각했고 나를 조절할 수 있다고 생각했다. 혼자 있는 시간이 많아질수록 이에 대해 고뇌해 보는 시간도 확보되었고 비로소 나는 과거를 탈피할 수 있게 되었다는 기대에 차 있었다.

하지만 어느 순간 나는 늪에 빠져버린다. 나의 무의식은 나를 지배하며 진짜 나를 보여준다. 내가 가장 피하고 혐오하는 나의 모습을 수면 위로 드러낸다.

왜지? 왤까. 왜 나일까. 의문만 불어나서 방에 가득 찬다. 반복되는 의문은 곧 돌이 되어 나에게 박힌다.

이상하다. 내가 다시 이상해졌다. 한순간에 저 밑바닥으로 곤두박질쳐 버렸다. 이유를 모르겠다. 나를 모르겠다.

나의 어둠은 하얬다. 하얀색이 세상이 정의 내린 어두움이며 검정색은 비교적 분위기가 내려앉음이었다. 고요는 그런 것이었다.

눈을 감으면 천적을 눈앞에 두어 공포에 질린 짐승

과 같이 팔과 다리 그 어느 것도 움직일 수 없었다. 하얀색에서의 나는 하얀 세상의 유일한 오점이었다. 온 차원이 나를 누르고 없애려 들었다.

나는 나를 그렸다. 그리고 또 꾸몄다. 여러 겹의 내가 만들어낸 조화는 그다지 깔끔하지 않았다. 그 생각에까지 미치면 나는 모든 것을 덜어내려 했다. 뼈대조차 남지 않도록 공사장에 비싸게 들인 철조물과 중장비들마저 다 덜어냈다. 흰 백지에 힘주어 겨눠 찍은 흑연만이 남도록 했다.

2021  1012

나는 모든 것을 혐오한다. 따라서 세상도 나를 혐오한다. 세상도 하나의 명사로서 자신을 혐오하기만 하는 사람을 곱게 받아줄 이유가 없다. 나 또한 당신과 같은 생각이니 거기에 굳이 반박하려 들진 않겠다. 어디에든 순응하는 자세, 그것은 내가 나를 꾸밀 때 잘 쓰는 포장지이며 가장 안 어울리는 리본이기도 하다.

가끔은 나도 그런 꿈을 꾸었다. 바라다보면 그 근처 어딘가에는 당도할 수 있지 않을까 하고. 마냥 허황된 꿈이 아니길 빌었다. 하지만 달콤하디 달콤한 만큼 투명한 세상은 단지 베란다에서 흘러오는 차가운 냉기, '서늘하다'라는 기운 하나만으로 쉽게 깨지기 마련이었다.

2021  1016

그 엄청 빽빽한 고무 같은 거 있지. 고무 재질인데 빽빽한. 그걸 억지로 막 벌리고 있는 느낌이야. 찢을 것처럼. 절대 찢기진 않을 텐데, 막 당겨 누가. 나 심장을 내 가슴을 누가 막 그렇게 찢는 것처럼 당겨. 그래봤자 안 찢기는데, 안 되는데. 걔는 포기도 안 한다. 나는 아파 죽겠는데. 어떻게든 살아남으려고 숨도 벅벅 쉬어보는데.

몸이 이상했다. 생리는 아닌데 밑으로 피가 계속해서 새어나왔다. 생각해 보니 생리도 안 한 지 오래였다. 열을 재보면 열이 나는 것은 아닌데 몸이 뜨거웠다. 내가 그렇게 느꼈다.

의욕이 사라졌다. 살고자 하던 의욕, 해보고자 하던 의욕 전부 없었다. 그러나 이상하게 아무렇지 않았다. 다리에 두드러기도 났다. 목구멍에 커다란 가래 뭉치가 꼈다.

다가오는 새해에는 새 사람으로 거듭나길 바라며 시킨 일기장이 배송되었다. 입시로 힘들어하던 루비가 부쩍 나아졌다.

나는 엄마와 호강으로 가득한 미래를 꿈꾸고 있는데 엄마는 내 미래에 자신을 그려 넣지 않은 것처럼 느껴졌다. 자신이 단명할 관상이라고 하던 엄마의 말이 자꾸 상기되어 두려웠다.

내 가장 큰 문제는 진취적이지 않다는 것이다. 인터넷에 떠도는 말을 주워보면 흔히 이런 시기와 감정을 번아웃 또는 슬럼프라고 불렀다. 나에게 그 말들은 너무 거창할 뿐더러 어울리지도 않았다. 휴식을 취하는 것도 아니고 번뇌의 시간을 보내는 것도 아니었다. 지금 그저 현재에 너무 만족하고 있다는 것이 나의 문제였다.

나는 충분히 생산적인 생활을 하고 있으며 (공부 없이도) 삶에 만족하고 행복했다. 무의식 중 계속해서 공부의 필요성이 상기되어 괴롭긴 하지만 그것도 그저 금방 지나갔다. 어떻게 해야 할지 모르겠다. 동기 부여 영상도 책도 효력이 딱 20분이다. 정말 딱 아자아자 할 수 있는 무언가가 생겼으면 좋겠다.

국어 강의라도 하나 듣자 하는 마음에 자리에 앉았는데 깬 듯한 엄마가 나를 부르는 목소리가 들렸다.

간단히 '어' 한 음절로 대답하고 엄마가 방에 들어오면 아양 떨 준비를 하고 있었는데 조용했다. 공부하고 있었다고 보여주기 위해 조금 시간을 두고 기다리다가 문을 번쩍 열고 나갔다. 엄마는 아까 그 모습 그대로 눈을 감고 자고 있었다.

엄마가 죽지 않았으면 좋겠다. 일찍 죽는다는 말을 하지 않았으면 좋겠다. 눈물이 가득 차서 얼굴이 너무 무거웠다. 무거워서 땅으로 꺼져버려도 좋으니 엄마는 마냥 가벼운 얼굴로 속초의 널따란 잔디밭 마당이 있는 소박한 주택에서 캔버스에 마음껏 그림을 그렸으면 좋겠다. 물감은 우리 엄마한테 어울리는 제일 비싸고 제일 좋은 걸로 내가 다 장만해 줄 것이다.

그러니 울지 마. 죽는단 소리도 그만하구. 엄마의 상처는 곪고 있는 것 같은데 나만 너무 잘 지내는 것 같아 내가 너무 싫었다. 엄마 우리 꼭꼭 오래 행복하게 살자. 이것도 내 이기겠지만 하는 걱정이 드는 게 싫다.

공부는 또 글렀다.

사랑이 궁금했다.

얼마나 거대하고 화려한 것이기에 그 대단하고 우아한 사람들의 삶과 신념을 무너뜨릴 수 있는 건지 궁금했다. 내가 존경하는 완벽한 사람들이 한순간에 무너지는 이유를 살펴보면 언제나 그곳에 사랑이 있었다. 남녀 간의 사랑. 몸 부대끼면서 종일 그 사람만 그리는 것이 뭐 그리 좋다고. 사랑이 표제로 들어서면 그저 머리만 아플 뿐이다.

잊으려야 잊을 수 없다고 생각했던 감각이 정말로 잊혔을 때 다시 수면 위로 떠올랐다. 나는 아직 네 안에 살아 꿈틀거리고 있으며 우리는 영원히 공생할 것이라는 신호였다. 어딘가 익숙한 감각이 나를 삼켰다. 온몸의 내장이 꼬여 뒤집히는 것 같아서 몸을 펼 수가 없었다.

서둘러 일어나 침대에 무릎을 꿇고 앉아서 웅크렸다. 구역질이 나고 토사물이 계속해서 목까지 올라왔다 내려가는 느낌이 들었다. 내 심장은 아주 두꺼운 소재의 고무풍선이라 입으로 불려고 하면 뺨이 터질 텐데, 마동석 아저씨만큼이나 힘이 센 누군가가 힘껏 벌리면서 찢으려고 하는 것 같았다.

어른이 된다는 것은 너무 가혹하다. 엄마는 눈물을 감추고 아무렇지 않은 듯이 말하는 것을 잘했다. 엄마의 훌쩍이는 소리가 의식되기 시작했다. 엄마는 무척이나 강인해서 잘 울지 않았다. 내 앞에서 눈물을 보인 적도 없었으며 항상 자신은 강하다고, 그러니 자신에게 힘든 일을 털어놓아도 된다고 말해왔다.

할머니가 이제 누구를 동반하지 않고는 밖에 돌아다니지 못하신다. 할머니가 엄마의 엄마라는 사실이 나에게 가끔 낯설게 느껴졌다. 엄마는 우리 엄만데 엄마도 할머니의 딸이었다. 어렸을 적부터 할머니가 엄마를 오빠 이름으로 불러버릇해선지 나에겐 엄마 이름조차 어색했다.

인터넷에서 결혼 후 여성은 이름을 불리지 않으면서 자신을 잃어버린 느낌을 자주 받는다는 글을 봤다. 얼마 전에는 엄마가 자신의 청춘에 육아밖에 없었다는 말을 했다. 스무 살만, 딱 스무 살만 되면 다 함께 여행을 떠날 것이다. 스물넷쯤 되면 내가 번 내 돈으로 여행을 갈 수 있겠지.

2021 

1128

내가 제일 못하는 것만 잔뜩이었다. 전에 상의를 했는데 무조건 골뱅이를 시키기로 되어 있었다. 골뱅이를 시켜야 했다. 시키랬다.

아빠랑 루비, 할머니와 넷이 합석했는데 어째선지 다들 골뱅이를 주문하지 않는다. 그래서 내가 능청스레 시키려 했는데 할머니께서 싫다며 살짝 제지하셨다. 아빠는 화가 나서 나갔다. 그 이후로 할머니는 어디 가셨는지 모르겠다.

루비와 둘이 있었는데 친구들이 왔다. 반가운 예전 친구들이었다. 실컷 이야기를 나누고 있었는데 그 와중에 나는 계속 욕조에 서 있었다. 루비는 내 발밑 욕조에 얼굴을 파묻고 웅크리고 있었다. 친구들이 동생은 괜찮으냐고 물었는데 나는 그냥 괜찮다고 말했다.

꿈2

공연이 끝나고 나왔다. (위와 살짝 연결된다.)

솔직하게 말하는 엄마의 통화 소리를 엿들었다. 나는 엄마가 몰래 엿들은 나를 싫어할까 봐 차마 집에 같이 가자는 소리를 못하고 퇴근하는 공연자를 뒤따랐다. 공연자는 나를 이 밤중에 자신을 따라다니는 이상한 아이로 보는 듯했다.

공연자 선생님은 차에 타시고 나는 그 앞에 있는 역으로 내려갔다. 에스컬레이터를 타던 중 어떤 아주머니께서 정말 멀쩡히 아무 표정도 없이 에스컬레이터를 역주행하고 계셨다. 어떻게 될까 봐 겁이 났지만 애써 모른 체했다.

에스컬레이터를 타고 내려가는 와중에 나나에게서 연락을 받았다. 다른 친구가 진심이 담긴 편지를 쓰고 싶어 한다며 집 주소를 달라 했다고 한다. 우리나라 동전은 아닌 이상한 동전 여러 개가 담긴 꾸깃꾸깃한 비닐봉지가 내 손에 있었다. (분명 나나가 보내준 사진이었는데 내 손에 있었다.)

분명 2호선과 4호선이었는데 역들의 이름이 초면이다. 나는 처음 보는 것들을 무서워했다. 커플로 보이는 사람 중 여자에게 용기를 내어 혹시 이 열차가 사당역에 가냐고 물어보았다. 여자는 내가 정말 안 보이는 듯이 나를 무시했다. 옆에 서 있던 거대한 덩치의 아저씨가 계속 이상한 말을 하며 자기가 봐주겠다고 했다. 사당역에 가냐고 물었더니 '그럼' 하며 간다고 했다. 답이 미심쩍어서 여자분에게 몇 번이고 더 말을 걸어 보았지만 끝끝내 대답해 주지 않았다. 분명이 방향이 맞는다고 아까 아저씨가 그랬는데.

옆 레인에서 사당 방면으로 가는 지하철이 들어온다고 방송이 나왔다. 나는 더 혼란스러워졌다. 핸드폰은 에스컬레이터를 내린 시점에 꺼졌다. 시간은 10시 50분(이상하게도 잠에서 깨어난 시간과 동일하다). 지하철이 끊기기까지 얼마 남지 않은 시점에 이 이상한 곳에서 나가지 못할까 봐 커다란 공포에 휩싸였다.

깨어났다. 아직도 심장 소리가 느껴진다. 빠르다.

2021  1217

생각의 꼬리가 잘려버린다. 내가 싫어하는 나의 회피기제다. 아니, 싫다는 표현을 혐오로 바꾸겠다. 나는 마주하지조차 않을 거다.

타인의 시선 속에서 살아가는 기분이다. 내가 쓰는 문장 하나하나를 검열한다. 누가 보지도 않을 일기장 속에서도 혹여 세상의 사람들 중 마음 상하는 부분이 하나라도 집힐까 싶어 삭제하고 숨어버리기를 반복한다.

내가 진정 좋아하는 것이 무엇인지 모르겠다. 가끔 또 세간의 '평범한' 사람들을 따라 하려다 보면 나의 무의식이라는 작자가 내 것들을 골라내준다. 혐오와 불안을 파트너처럼 맺어준다.

스스로 예민해졌음을 느꼈다. 씻은 뒤 잠옷을 입고 침대에 올라가야 했다. 방에서 조금이라도 평소와 다른 냄새가 나면 페브리즈를 온 데 뿌리고 창문을 열어 환기했다. 침대 위는 늘 이불 하나와 베게 하나만 있어야 하고 일주일에 두 번씩 침구를 세탁했다.

향에도 취향이 생겼다. 새로 바꾼 섬유탈취제 냄새 때문에 새벽에 잠을 이루지 못했다. 어른이 된 기분을 느꼈다. 러쉬의 바디워시 향 중에 주황색이 좋았다. 크리스마스 한정이라는 말에 혹해서 사 온 노란색은 치과에서 발라주는 불소 냄새가 나는 것 같아서 싫었다.

사람들이 그렇게들 향이 좋다고 하니 나도 그 집단에 속하고 싶어 열심히 온몸에 향을 묻혀보았다. 이불 안에 누워 있지 못할 정도로 내 몸에 묻은 향기가 지독했다. 짜증을 넘어 미칠 지경이었다. 결국 온 침구와

커튼에 자주 뿌려버릇해 편안한 페브리즈를 뿌리고 나서야 진정이 되었다.

어쨌든 취향이 생겼다. 그러면 그만이다.

2021  1222

사람이 아니다. 비명을 지르는 법도 심장을 뛰게 하는 법도 모른다. 아무것도 모르는데 자꾸 몸이 뭔가를 실행시킨다. 내 안의 인사이드아웃 캐릭터들은 다들 망가졌나 보다. 고장이 났니. 아니면 빙봉이 없어져서 그런 거니. 그런 걸지도 모르겠다.

2021 DIARY 1228

나나는 나를 능동적인 사람이라 말해준다. 그럴 때마다 가슴 한구석이 찔린 듯이 아프다. 나의 모든 것은 사실상 도피였다. 나 혼자 비밀리에 진행한 도망치기 작전이었다. 싫고 싫은 것들을 배제하고 피하다 보니 도달한 곳이 결국 그곳이었다. 항해하며 나아가는 것이 수많은 사람들이 일컫는 성공한 인생이라지만….

아무리 생각해도 세상은 모순투성이다. 내 이름은 이모순.

기말고사가 끝나자마자 관리형 독서실을 등록했었다. 겨울방학 동안 충실히 고3의 의무를 다하겠다는 나의 다짐이었다. 평일 내내 아침 8시까지 등원해서 공부를 하고 밤 10시에 나온다.

버텨내 보기로 했다. 기를 쓰고 버텼다. 대한민국 고3이니까. 친구들도 다 전부 이러니까. 나도 그래야 한다. 평범해져야 한다.

나나

나나는 중학교 때 같은 아이돌을 좋아했던 친구다. 같은 아이돌을 좋아했던 친구가 소개시켜 주어서 만나게 되었다. 아직도 1층 방송실을 사이에 두고 저 멀리서 수줍게 서로에게 인사하는 장면이 끊임없이 재생된다. 나나와 나는 비슷한 점이 아주 많다.

나나는 여름을 닮았다. 여름의 하늘처럼 나를 항상 따뜻하게 내리쬐어 준다. 나나의 존재가, 그와 한 번씩 연락하는 것이 내가 이 세상에 존재하고 있음을 일러주어 나를 온기로 덮는다.

새해 첫날, 날것 그대로 마음에 엉겨 붙은 문장들이 돌이 되어 무너져 내렸다. 가슴이 무거웠다. 무거워서 책상에서 몸을 뗄 수 없었다. 더 밑으로 내려가려고 발버둥치고 있는 돌을 책상에 가슴을 딱 붙여 잡고 있었다.

제멋대로 치우친 감정들이 결국 얼굴로 올라와 분출되었다. 나는 정말로 모르겠다. 백색 눈물이었다. 쉽게 멈추지 않았고 소리 내어 울었으며 감정이 가라앉아도 눈물만은 계속해서 흘렀다.

2022 

0102

어제는 눈물이 왈칵 쏟아졌다. 친구들은 나를 무척이나 좋아해 준다. 밑바닥에 있는 나도 느낄 수 있을 만큼 좋아해 준다. 나만의 착각일 수도 있으니까 왜 나를 좋아하는지 생각하는 건 이만 관두겠다.

요즘은 내 장점, 단점 아무것도 모르겠다! 그저 초록색 범벅 인간 같다. 인테리어를 좀 바꿔볼까?

방의 구조를 바꿔보았다. 원래 방 구조를 자주 바꾸지만 침대를 옮긴 것은 이번이 처음이었다. 늘 문과 창문 사이에 세로로 놓았었는데 이번에는 창문에 가로로 붙여서 놓아보았다. 창문을 향해 누우면 문을 등지게 된다.

이번에는 제발 침대 자리에 꿈이 담겨 있지 않길 빈다.

학원에서 지구과학 수업을 들었다. 저녁을 간단히 해결하고 다음 생명과학 수업에 가야 했다.

지구과학 수업 내내 어딘가 이상했다. 계속해서 숨이 차올랐다. 다리를 움직이고 싶은 충동이 강하게 들었다. 엉덩이를 떼고 싶었다. 눈이 흔들렸다. 샤프를 들고 종이에 아무 글이나 적었다. 이름을 반복해서 적었다. 집중을 못 했다. 넉 장이 모두 빽빽해질 만큼 이름을 쓰다 보니 세 시간이 지났다.

수업이 끝나자마자 건물을 뛰쳐나왔다. 겨울방학 저녁 시간의 학원가는 인파가 엄청났다. 사차선 횡단보도에서 횡단보도 블록의 흰색이 사람에 가려 보이지 않을 정도였다.

저녁을 먹어야 했다. 저녁을 어떻게든 먹어야 이어질 네 시간의 수업을 견딜 수 있다. 이 수업을 놓치면 나는 혼자 평일에 따로 시간을 내어 네 시간 동안 수업 영상을 봐야 한다. 거기에 복습까지 더하면 엄청난 기회비용이 발생한다. 들어야 했다. 가야 했다. 밥을 먹어야 했다. 반드시.

건물에서 나와 사람뿐인 사거리를 마주하자마자 덜커덩 가슴이 내려앉았다. 순간 완전히 압도되었다. 상담 선생님께 배운 호흡법을 하며 간신히 식당가 주변으로 갔다. 식당은 모두 차 있었다. 심지어 밖까지 사람들이 줄지어 기다리고 있었다. 더이상 견딜 수 없었다. 그나마 사람이 적은 빵집에서 블루베리 크림치

즈 빵을 사서 내가 아는 인적이 가장 드문 언덕의 아파트 단지 놀이터로 뛰어 올라갔다.

빵을 먹고 나서 무조건 수업에 가야 했다. 가야만 한다는 다짐만으로 놀이터 가장 구석 돌에 앉아 빵을 삼켰다. 나는 슬프지 않은데, 하나도 슬프지 않은데 눈에서 눈물이 흘렀다. 빵이 젖어들었다. 지나가는 사람 한 명에도 흠칫했다.

이제는 돌아가야 할 시간이었다. 발이 떨어지지 않았다. 가기 싫은 마음, 가지 못하겠다는 마음이 온몸을 지배했다. 몸이라는 신이 시킨 대로 할 수밖에 없었다. 몸 아래 무력했다. 나는 무서웠다. 사람이. 세상이.

집에서 나갈 수 없다. 집 현관의 택배 받는 자리가 내 세상의 끝이다. 도통 나갈 수가 없다. 사람들이 무섭다. 나만 제외하는 세상의 사람들이 야속하다. 그들이 비정상이고 내가 정상일 순 없는 걸까.

눈이 나빠졌다. 보이던 것들이 보이지 않는다. 이대로 눈이 닫혔으면 좋겠다고 생각한다.

버스 맨 앞자리는 나만의 우물터였다. 열세 살 적 학원에서 집으로 돌아가는 밤길에는 항상 앞문 쪽 가장 앞자리에 앉곤 했다. 이상하게 거기에만 앉으면 눈물이 그렇게 나왔더랬다. 울지 않는 척하려 표정을 딱딱하게 굳히고 창문을 바라봤다. 어떻게든 멈추고 싶은데도 눈물이 멈추질 않아서 닦아내면서 울었다. 가만히 창문 밖을 보며 멎기를 기다렸다.

그 자리는 사람들 눈에 너무 잘 띄었다. 카드를 찍고 들어오는 사람들의 딱하다는 눈빛을 애써 모른 체할 수밖에 없었다. 뭐 거기서 울고 있으면 들어오는 사람들에게 나 봐라 하는 꼴이긴 하지만. 그래서 기사님 뒷자리로 자리를 옮겼다. 편했다.

편했다. 편한 자리에 앉아 있었다. 그런데 어느 순간 그 자리가 제일 두려워졌다. 내가 최대한 창밖만을 바라보며 살아가는 사람들을 마주하지 않으려 애쓸 때, 숨이 차 중간에 내려버렸을 때, 아예 잠들어 버려 한 바퀴 돌아 집에 도착했을 때. 그때 이후로 다 무서워졌다.

2022  0119

병원에 다녀왔다. 한 달이었던 방문 주기를 2주로 줄였더니 원래 보던 선생님이 아닌 다른 선생님을 잠시 만나야 했다.

전날 의사 선생님에게 할 말도 정리하고 갔다. 할 말을 열심히 다듬어서 이야기하고 나서 꼭 약을 받아 와야지. 이제 괜찮아지겠지. 그런 마음이었다. 물론 정리하다가 잠들어 버리긴 했지만.

내가 병원 가는 날을 얼마나 기다려왔는지 선생님은 모

를 것이다. 온전한 나로 살아갈 미래를 위한 첫 단추이자 마지막 희망이라 생각하며 마음을 추슬렀다. 선생님이 알 수 없는 그 2주 동안 내게는 많은 변화가 있었다.

사람 많은 곳에 가는 것이 어려워졌고 버스를 타지 못했다. 이제는 아닐 것이라 생각했는데 계속 생각이 죽어야겠다는 결론에 다다른다. 그게 아닌데. 이러면 안 되는데. 정말 죽기 직전이 이런 느낌이구나 싶었다. 그것이 얼마나 고통스러웠는지 선생님은 모르시겠지요. 하나도 모르시겠지요.

미래가 그려지지 않는다. 살면서 단 한 번도 스무 살의 나를 그려본 적이 없다. 그 이후의 나 역시 그려본 적이 없다. 그렇게 생각하면서 결국 열아홉 살까지 도달했다. 나에게 그 이후까지 산 사람들은 그저 드라마 속에나 등장하는 사람들일 뿐이다. 이런 것이 운명인 걸까 싶다. 말장난 같겠지만 운명처럼 정말, 정말로 열 살일 적부터 나는 스무 살까지 살지 못할 것이니 이렇게 살아도 괜찮다고 스스로 세뇌를 해오며 살았다. 그러나 시간은 흐르고 나를 끝내지 못한 채 스무 살이 코앞까지 다가오고 말았다.

그저 평범하게 나이에 맞는 삶을 사는 것이 내 인생의 최종 목표이자 꿈이다. 수험생이니 학원을 다니고 독서실에서 아침부터 저녁까지 공부하고 공부에 대한 스트레스도 적당히 받으며 겨울방학에는 빡빡하게 공부에만 집중하는 그런 삶 말이다.

나에게는 목표가 없다.

아무것도 없다.

빈 깡통이다.

아무래도 난 없어져야 할 것 같다. 내 온몸의 기관이 이제 그만 다 끝내라고 외치고 있다. 귀가 이상하다. 목도 이상하다. 나의 모든 증상을 종합해서 검색해 보면 스트레스가 주원인이라는 이야기밖에 안 나온다. 아닌데. 그게 아닌데. 나는 스트레스를 받은 적이 없는데. 나는 힘들지 않은데. 나는 이상하지 않은데 숨이 너무 차다. 머리가 깨질 듯이 아프다. 귀가 아프다. 온 내장이 다 뒤틀리는 것 같다.

구역질을 한다.

잠이 온다.

잠이 안 온다.

잠이 온다.

조절이 안 된다.

하지만 아무도 모른다. 나만 오직 안다. 알리고 싶지 않다. 약을 좀 줬으면 좋겠다. 약을 달라고 병원에 가는 그 순간이 내게는 살고자 하는 최후의 발악이니.

병원은 미성년자에게 진료 결과를 알려주지 않는다. 무언가 염려되는 것이 있나 보다. 나는 내 병명을 알고 싶다. 내가 먹는 약에 대한 설명을 듣고 싶다. 내 약이 왜 매번 바뀌는지에 그 이유를 의사 선생님께 직접 듣고 싶다. 약 봉투에 적힌 어려운 약 이름들로 인터넷을 뒤져가며 내 병명을 가늠해 보는 짓은 이제 지겹다.

다시는 바로 앞에 놓인 길을 가늠하지도 못하는 상태로 돌아가고 싶지 않다. 무언가를 접해야 한다. 끊임없이 영감을 얻어야 한다. 여러 길을 탐색하고 나에게 맞는 길을 찾아내야만 한다. 친구들은 모두 학생에게

맡겨진 직책에 맞게 오늘도 내일도 지금 이 순간도 자신의 시간을 쪼개어 미래를 설계하고 있을 것이다.

차마 펜을 잡고 밖에 나가지 못하겠는 지금, 나의 도피처를 찾아내야만 했다. 그래서 온갖 창작물들을 보고, 읽고, 찾아내기 시작했다. 창작의 터널 안을 기었다. 자기 직전과 일어난 직후, 밥을 먹는 시간도 사치로 느껴졌다. 감상 같은 건 아무래도 필요 없었다. 이 영화를 다 보면 곧장 다른 드라마를 보았다. 이 드라마를 다 보면 기다렸다는 듯이 책을 꺼내 읽었다. 영화를 보았다. 침대에 옆으로 누워 벽에 태블릿을 세워 기대고 계속해서 재생했다. 침대와 벽 사이로 태블릿이 떨어지면 곧장 침대를 빼내 주웠다. 밖으로 나가지 않았다.

방문을 등진 채 벽에 붙어서 영화만 봤다.

세상을 등진 채 벽에 붙어서 드라마만 봤다.

커튼은 꽁꽁 닫고 불은 켜지 않았다. 방은 점점 마구잡이로 던져놓은 옷들과 책들로 엉망이 되어갔다.

2022 DIARY 0124

애니메이션 〈후르츠 바스켓〉 감상.

하지만 난 생각해. 모든 추억을 짊어지고 살아가고 싶다고. 설령 그게 슬픈 추억이라도, 날 상처만 주는 추억이라도, 차라리 잊기를 바라는 추억이라도. 모두 짊어지고 도망치지 않고 노력하면, 노력하고 있으면 언젠가 그 추억에 지지 않는 내가 될 수 있다고 믿어. 믿고 싶어. 잊어도 되는 추억 같은 건 하나도 없으니까.

지지 않는 내가 되도록. 언젠가는 그것도 뛰어넘어 소중한 기억이 되도록.

2022

0126

푹 가라앉은 사람이 되고 싶어. 심해 같은 사람.

지금의 나는 바다 위를 둥둥 떠다니는 맥주병 같다.

기말고사가 끝난 뒤로 다니던 관리형 독서실을 그만두었다.

더 이상 다닐 수 없었다. 독서실에 가면 숨이 턱 막혔다. 가고 싶은데 갈 수 없었다. 눈에 뻔히 보이는 주변 친구들의 모습에 두려워졌다. 갈 수 없었다.

약의 부작용 때문에 밤에는 기절하듯 잠을 잤고, 낮에도 참을 수 없는 잠이 쏟아졌다. 쏟아지는 잠을 막을 방도가 없었다. 펜 끝을 문제집에 찍은 채 잠시 눈을 감았다 뜨면 세 시간이 지나 있었다. 약을 먹지 않자니 밤에 잠을 자지 못했다. 수면이 고르지 못하니 내가 점점 이상해지는 것이 피부로 느껴졌다.

개방된 공간에 빽빽하게 들어차 있는 학생들과 문제집들이 나를 불안하게 했다. 그만두는 것, 보통의 삶을 포기하는 것은 내게 있어서 어쩔 수 없는 선택이었다.

별거 아닌 사람이 될까 봐 무섭다. 어른이 되기 싫다. 이 감정이 그저 어린이의 끝자락에 선 나이에 스쳐 가는 것이라 생각하지 않는다. 아무것도 아닌 인간이 될까 봐, 그게 가장 무섭다. 친구 하나 없는 외톨이가 될까 봐. 너무 무서워서 더는 살지 못하겠다.

점을 보고 싶었다. 미래를 말해주길 바랐다. 미래에도 모레도 내일도 내가 존재함을 알려주지 않으면 안 될 것 같았다. 나는 죽지 말아야 했다. 살아 숨 쉬고 있어야 했다. 그걸 증명해 줄 것이 당장 필요했다. 내 모습은 시체 같았다. 보랏빛이었다. 열다섯 살의 하루가 떠올랐다. 내가 죽을까 봐, 죽어버릴까 봐 무서웠다. 차곡차곡 묻어둔 어제의 공동묘지들 앞에 무릎을 꿇고 앉았다.

왜 나는 피부에 닿는 선생님의 온기를 느껴본 적이

없을까. 좋은 선생님을 갖고 싶다. 만나고 싶다. 선생님이 내 이름을 기억해서 불러주며 따뜻하게 한마디 해 주면 살 수 있을 것 같다. 학생에게 온기를 나눠주는 영화 속 선생님들은 현실 어디에 있을까.

나에게는 눈에 띄게 나를 배척하는 선생님뿐이었다. 한 마디라도 해주지. 꼭 안아주지. 얘기라도 들어주지. 이름이라도 기억해 주지. 이름을 불러주지.

초등학교, 중학교, 고등학교, 그리고 유치원. 자주 옮겨 다닌 학원까지 합하면 나는 수없이 많은 선생님을 만났다. 개중에는 내 복잡한 사연을 인지한 선생님도 있었다. 학교나 학원에 주기적으로 가는 것이 힘들었으니 결석과 지각에 여러 변명을 대다 결국엔 조금 털어놓을 수밖에 없었다.

나는 나를 털어놓는 것을 싫어했다. 어떻게든 숨기려 했다. 하지만 어쩔 수 없는 과정이었다. 어른의 조언이 너무나 고픈 밤이었다. 먼저 선에 살 생 자를 품고 계신 선생님께 도움을 받고 싶었다.

2022 DIARY 0201

〈오징어 게임〉을 봤다.

그냥 흥미로운 게 보고 싶어서 봤는데, 어차피 사람은 파멸할 것인데 왜 삶을 연명하려고 직업을 가지고 더 잘 살려고 배움을 더하는지 의문만 더해졌다. 아니, 의문이 아니다. 어차피 나는 바닥으로 가라앉을 것이라는 부정적인 믿음에 확신만 더해졌다.

보는 게 아니었는데. 괴로웠다. 괴로워서 몸부림쳤다. 가슴이 아팠다. 밤이 너무 새하얬다. 가족들이 다 자고 있는 이 시간이 나는 너무나 두렵다. 다들 그 상태로 없어져 버릴까 봐 너무너무 무섭다. 내가 자고 있든 일어나 있든 간에 불을 다 켜고 모든 게 움직이는 낮처럼 돌아다니면서 무언가를 해주었으면 좋겠다. 모두가 잠드는 시간이 무섭다. 또 이유를 모르는 눈물이 난다. 공포가 올라온다. 정말 너무 너무 무섭다. 내가 사람이 맞나?

소리 내며 온 집안을 돌아다닌다. 제발 일어나 달라고

떼쓰고 나면 차가운 눈물이 뺨 위로 흐른다. 지겨운 공포를 다시 또 느낀다. 일어나라고 소리를 지른다. 몸을 흔든다. 눈물이 나온다. 나도 이러고 싶지 않다. 정말 왜인지 모르겠다.

2022  0207

꿈속에서만큼은 나도 소설가다. 망설이지 않고 에피소드를 훅훅 진행시킨다. 그저 무의식이 하고 싶은 대로! 머릿속에 떠다니는 경험이 적어도 좋고 필력이 고르지 않아도 좋다. 그저 내 삶 속 이야기들의 총집합체가 환상 동화처럼 머릿속에서 그려진다.

잠시 멎었던 꿈이 다시 시작됐다. 그리고 나는 결국 모든 것을 그만두었다. 손에서 놓았다. 현실보다 꿈에서 사는 것이 더 나았다. 꿈에서 살기 위해선 몸을 눕

히고 자야 했다.

가만히 눈을 감고 눈앞에 다른 삶이 펼쳐지기를 기다렸다. 그 어느 삶이라도 현실의 삶보다는 나은 삶이었다. 수면 시간은 물에 담근 개구리알처럼 빠르게 불어났다. 눈을 뜨고 잠시 시간을 확인하면 지난날과 같은 시간이었다. 시계를 확인하고 나는 또다시 눈을 감았다.

놓아버린다고 근본적인 불안이 해결되지는 않았다. 나를 놓는다고 한 것이 무색하게도 내가 당장 할 수 있는 일을 찾았다. 매일 이불 속에서 영화 드라마를 보았다. 유독 일본 콘텐츠를 많이 봤다. 닥치는 대로 보다 보니 나름의 취향을 찾은 것 같아 기뻤다. 이 생활 속에서 일본어는 배울 수 있을 것 같았다.

할 수 있는 것을 해야 했다. 어떻게든 대학을 다녀 보고 싶은데, 남들과 비슷한 생활을 하고 싶은데, 방법이 달리 없었다. 일본 유학을 준비해 보기로 했다.

2022  0213

내게 사랑이 없어서 그런 걸까?

다양한 종류의 사랑을 하고 있다고 생각했는데

뜨겁고 강렬한 종류의 사랑은 겪어본 적이 없다.

나도 겪어보면 무언가 크게 달라질 수 있을까?

2022  0227

정말 시간만 때우려고 영화를 보는 건가 봐.

아무 느낌이 안 들어.

이것도 다른 사람을 따라 하려는 걸까?

학원을 또 다니지 않고 있어. 정말 백수란 거지.

뭘 해야 할까.

나는 무얼 잘하지?

생각보다 나란 사람은 재밌다.

5 —— 영원 울림 초록

루비가 좋다. 루비와 같이 자고 싶다. 엄마가 좋다. 엄마와 같이 자고 싶다. 그러면 괜찮아질 것 같았다.

점점 아기 같은 말을 썼다. 나를 아기라 칭했고 가족들이 나와 함께 놀러 나가주길 바랐다. 상담 선생님은 내가 유아 퇴행 중이라고 하셨다.

엄마한테 계속해서 사랑을 고백했다. 답을 구하는 것도 아닌 그저 내가 나를 위로하는 자기 위안의 방식으로 계속해서 사랑을 쥐여 주었다. 이유 모를 눈물이 계속 난다. 왜 우는 건지 생각하면서 입으론 대답도 잘한다. 입꼬리와 눈꼬리도 바짝 올라가 있는데 쉴 새 없이 눈물이 난다. 눈이 고장났나 보다. 아무래도 온몸의 물이 위로 솟구쳐 오르고 있나 보다. 모두가 잠들 무렵이면 가슴께까지 올라오는 덩어리가 오늘은 눈까지 올라오고 싶었나 보다.

얼굴이 너무 무겁다. 걸어 다니기 힘들다. 눈물에도 무게가 있어서 얼굴이 너무 무겁다. 무릎을 꿇고 주저앉았다. 그래도 나는 도저히 모르겠다. 나는 열아홉 살인데, 엄마가 재워주는 강아지도 아닌데, 똥만 싸도 박수 받을 때는 한참 지났는데 나는 왜 밤만 되면 이렇게나 무서운지 나는 정말로 모르겠다.

귀가 너무 아프다. 눈물이 조금 들어갔다 싶더니 이번엔 귀를 두드리고 있나 보다. 그래봤자 귀로 나올 구멍은 없는데. 자꾸 귀를 뽑으려 해서 귀가 너무 아프다. 귀를 떼버리고 싶다.

손이 떨린다. 얼굴이 따갑다. 발이 시렵다.

엄마가 절에 다니기 시작했다. 모든 중요한 일들을 제치고 절에 다녔다.

2022년  0410

학교에 꽃이 잔뜩 피었다.

고3이라고 다들 교실에만 있을 이유는 없었다. 우리는 운동화 끈을 조여 매고 꽃구경을 하러 6층에서 1층까지 힘차게 뛰어 내려갔다. 학교는 노란빛과 분홍빛이 어우러져 한껏 봄 내음을 뽐내고 있었다. 봄 시즌 모델들 같았다. 패션쇼장에서의 소음은 허락되지 않지만 이곳에서의 소음은 아무 문제없다. 학교 앞뜰에는 의외로 사진을 찍으러 나온 3학년이 가장 많았다.

봄은 반드시 올 테고 꽃은 때가 되면 자비 없이 흐드러지게 필 테니까. 우리는 이렇게 함께 꽃과 친구 먹으면 돼.

우리 꽃보다 더 단단한 심지를 지녀 다음에 또 사진 찍으러 오자.

학교에는 내가 오는 날을 매일 세고 있는 친구들이 있다. 내가 자리에 없으면 내가 없음을 매일 아침 인지해 주는 친구들이 있다. 그곳이 내 자리임을 끊임없이 상기해 주는 친구들이 있다. 학교에 가지 않는 날이 늘어도, 일주일에 세 번을 빠지게 되더라도, 다음 날 가면 아무것도 묻지 않고 평소의 일상을 느끼게 해 준다. 아무 덧붙임 없이 간다는 말만 하고 조퇴하는 나에게 벌써 가는 거냐고 아쉬워하며 내일은 꼭 와야 한다며 손을 힘차게 흔들어준다.

나는 확실하게 느끼고 있었다. 졸업을 하면 이 일상

은 더 이상 당연한 것이 되지 않는다는 사실을. 조금 더, 조금이라도 더 친구들을 마주하고 싶다. 졸업이 다가오는 것이 싫다.

복잡한 친구들을 더 복잡하게 사랑하고 싶다.

2022  0505

약이 너무 길다. 약을 다 먹으면, 짧아지면 병원에 갈 수 있는데. 약이 너무 길다.

잘 수가 없었다. 제대로 자지 못한 지 2주나 되었다.

술을 마시면 기분 좋게 잘 수가 있다고 들었다. 술을 마시면 잠이 온단다. 술은 만병통치약인가 보다. 세상의 나 같은 사람들은 다들 술을 마시고 있어서 정상으로 보였나 보다.

눈을 동그랗게 뜨고 입으로는 괴괴하게 웃으며 아

빠의 술 창고(김치냉장고)로 달렸다. 고작 맥주 가지곤 잠이 오지 않을 것 같다. 소주를 찾는데 소주가 빨간 뚜껑뿐이다. 중학교 때 술을 마시던 친구가 빨간 뚜껑은 무지하게 세다고 알려주었다. 센 술을 마시면 잠도 제대로 들겠지. 절대 깨지도 않겠지. 머그컵에 술을 물 담듯 부었다. 방으로 가져와서 병과 함께 침대 옆 탁자에 놓았다. 냄새가 이상해서 방에 이 술이 있는 것만으로도 토할 것 같았다.

코를 막고 머그컵에 담긴 술을 한 번에 들이켰다. 목구멍과 가슴께로 액체가 내려가는 것이 느껴졌다. 점점 몸이 뜨거워졌다. 더 지체하면 이 술을 다 못 마실 것 같았다. 한 번 더 가득 담았다. 이제 병은 비었다. 도저히 다시 마실 용기가 나지 않았다. 이만큼 잠이 간절한데, 이 맛없는 알코올을 다시 들이키지 않는 것이 더 간절했다.

그러나 나는 자야 했다. 다음 날 학교를 가야 했고 하루를 살아내야 했다. 더 이상 이렇게 살 순 없었다.

살살 한 모금씩 들이켰다. 결국 비웠다. 온몸이 뜨거워졌다. 코로나 3차 백신 접종 이튿날보다 더한 고통이었다. 몸을 가눌 수 없었다. 화장실에 세수하러 가고 싶은데 몸이 자꾸 비틀거리고 초점이 잡히지 않았다. 방에 나는 술 냄새에 구역질이 났다. 병과 컵을 당장 치웠다.

돌아와서 침대에 누우니 사지를 움직일 수가 없었다. 핸드폰조차 집을 수 없어서 얼른 잠에 들어버리자 들어버리자 들어버리는 거야 하니 어쨌든 잠에 들긴 했다.

자다가 네 번이나 깼다. 술은 결국 소용이 없었다. 기분은 하나도 좋지 않았다. 어떻게 술을 기분 좋으려고 마시는지 하나도 이해가 안 갔다. 어른이 되면 다 알 수 있을까? 술자리를 여러 번 가져보면 술의 재미를 깨우칠 수 있을까? 나도 술의 기분 좋음을 느껴보고 싶었다.

다음 날 아침 등굣길 차 안에서 속이 메스꺼워 아

빠에게 어떻게 해야 하냐며 물었다. 아빠도 소주 한 병을 한두 시간 동안 안주와 함께 천천히 먹는다고 했다.

내가 너무 급했던 것 같다.

다시는 그 경험을 하고 싶지 않다. 방에 남은 술 냄새를 지우느라 페브리즈를 거의 다 썼다. 다음 날 술 냄새를 잔뜩 묻히고 들어온 아빠의 냄새를 견딜 수 없어 식탁에서 자리를 곧바로 떴다.

2022  0512

학교에 가지 않았다. 집 앞 종합병원에 갔다. 비뇨기과로 연결해 주어서 대기 시간이 오래 걸렸다.

- 밤에 소변을 40분 정도에 한 번씩 계속 보러 가게 돼서요. 낮에는 그렇지 않아요.
- 이 약들은 천식, 알레르기, 공황 약이니?

- 네.

- 신경안정제도 따로 먹어? 언제부터?

- 조금 됐어요.

- 어린데 조금 됐다니. 뭐 요즘은 도와주는 곳도 많고 그러니까. 밤에는 언제쯤 자?

- 4시쯤에 자요. 일어나는 건 보통 6시쯤에 깨요.

- 그럼 그 사이에는 뭐해, 새벽에.

- 자려고 열심히 노력해요.

- 나도 학생 때는 세 시간씩 자고 나머지는 쪽잠을 잤어. 학교 쉬는 시간에 10분 정도 내리 자면 개운해지고 그랬거든. 그렇다고 전혀 피곤하거나 그러지는 않았어. 하지만 우리 와이프는 무조건 일곱 시간 이상 자야 한다고 그러더라. 그러니까…. 사람마다 자는 시간은 다르니까 남들 자는 시간에 자야 한다고 강박을 가지진 마. 그럼 그 시간이 너한테 너무 손해잖아. 차라리 두세 시간 정도밖에 안 자니까 남는 시간에 책을 본다거나 해서 시간을 채워보는 건 어떨까 싶어.

어쩌면 나는 어른의 위로를 품은 조언이 가장 필요했는지도 모르겠다.

자려고 노력하는 시간에 책상에 앉아 책을 읽기 시작했다. 책은 날 구원할 수 없었다. 하지만 가만히 있기만 해도 구렁텅이에 굴러 떨어져 버리는 생각을 책 안에 가둘 수 있었다. 마음이 한결 편해졌다.

엄마 아빠는 내가 자려고 노력하지 않아 밤낮이 바뀌어 자지 못하는 것이라고 했다. 아니라고 하기엔 내가 댈 이유가 너무 거창하게 들릴 것 같아 말하기 싫었다. 밤낮이 바뀐 게 맞기도 하고.

나는 낮이 두렵고 밤이 무섭다. 날이 밝는 것이 두려워 해가 뜰 때쯤에 자는 쪽을 택했고 밤에는 무서운 상황을 대비해 눈을 번쩍 뜨고 있을 수밖에 없었다.

준비된 일상을 당연하게 해내지 못하는 것.

그것이 나에게 당연해져 버렸다.

밤에 눈을 감고 방심하고 있으면 모두가 죽어버릴 것만 같았다. 온 세상이 조용한 밤에 나조차 깨어 있지 않다면 그들의 숨이 멈췄을 때 서둘러 119를 부를 사람이 없을 것이었다.

구더기가 아랫배에서부터 올라와 머리를 쳤다. 걸으면서 노래를 부르는 것은 얼마 전 터득한 방법이었다. 입으로 소리를 내고 머리로는 다음 가사를 생각하고 있으면 불안이 끼어들 틈새가 줄어들었다. 많이 들어 가사를 다 외운 노래들을 주로 불렀다. 침대에서도 불안할 때면 노래를 중얼거렸다.

좋아하는 노래에 나오는 '어쩔 수 없잖아'라는 가사를 끊임없이 되뇌었다. 그럼 결국은 얕은 잠에라도 빠졌다. 하지만 금방 다시 일어나 온 집을 돌아다니면서 사람들이 숨을 쉬면서 자고 있는지 확인했다.

2022  0520

왼쪽 무릎 바깥에 자그맣게 팅커벨을 그려 넣고 싶다. 어렸을 때부터 늘 나의 머릿속에 머물던 팅커벨. 그를 무릎 속에 새겨 넣어 여기저기 여행을 다니고 싶다. 가려져도 상관없다. 내가 늘 그와 함께 있다는 사실은 변치 않으니까. 지난날의 나를 품자는 하나의 다짐이기도 하다.

이런 생각마저 내가 퇴행 중이라는 하나의 증표일까. 처음 유아 퇴행이라는 말을 들었을 땐 무언가 내가 대단히 잘못해 오고 있었구나 싶은 생각에 머리가 빵빵하게 불어났다. 하지만 곧이어 불다 놓아버린 풍선처럼 생각이 날아가 버렸다.

나는 지금 내가 좋았다. 아이 같은 상상을 하는 것이 즐거웠다. 피터팬 소설이 가장 좋았다. 엄마가 좋고 루비가 좋고 매버릭이 좋고 아빠와 주말에 놀러 나가는 것이 좋았다. 가족여행을 가고 싶었다. 가족을 지나치게 좋아하고 소중하게 여기는 것은 아이나 하는 생각이라는 말이 이상했다. 이제야 모두에게 다가갈 수 있게 되었으니 앞으로 더더욱 친해지고 함께하고 싶었다.

스무 살이 되기까지는 몇 개월의 시간이 남았으니 그 몇 개월 동안은 실컷 아이다워지고 싶었다. 그게 곧 나인 것 같았고 그 모든 것을 하지 않으려 애쓰는 건 나 자체를 부정해 버리는 일 같았다.

2022  0523

〔블로그에서, 친구들에게〕

다들 잘들 지내고 계신가요.

저는 와하하 하게 지내고 있답니다.

무언갈 해내면 잘했다고 엉덩이 팡팡 두들겨주고

못해도 용 썼다고 엉덩이 팡팡 두들겨줍니다.

그니까 하고 싶은 말은!

친구들은 엄청나게 잘 될 거니깐,

지금도 무지막지하게 대단한 걸 해내는 중이니까.

당연한 것들도 당연한 것들이 아니니

가슴을 꽉 쥐고 있던 손의 힘을 조금은 풀어도 괜찮을 것 같다는 이야기를 해주고 싶었어요.

학교 행사 전 오랜만에 친구와 저녁을 먹으러 학교를 나섰다. 오랫동안 이야기를 나누지 못한 터라 요즘 뭐하고 지내는지를 주로 이야기했다. 내 이야기를 하던 중이었다. 그냥 우리나라 입시가 나에게 맞지 않았던 것 같다는 말을 꺼냈다. 그리고 바로 내 입에서 나온 말을 스스로 의심해 보게 되었다. 드디어 내가 왜 다른 길을 택했는지 이해가 가기 시작했다. 드디어 지난겨울의 나를 알아차릴 수 있었다.

나는 지레 겁을 먹어버렸었다. 앞으로의 나는 또다시 뒤처질 거란 마음에. 독서실 담당 선생님은 나에게 3월 전에 이러이러한 것들을 모두 끝내야 한다고, 다른 아이들도 그때는 이미 전부 끝낸 상태일 거라고 했다. 나도 그 일들을 따라가려 힘을 냈다. 하지만 점점 힘에 부쳤다.

종일 헤드폰을 끼고 수업을 복습하면 귀에 무리가 왔다. 귀가 먹먹해진 채로 잠에 들었다. 다음 날이면 다시 독서실에 가서 헤드폰을 썼다. 헤드폰을 빼고 다른 걸 할 때면 귀가 아팠다. 귓속에 사람이 들어가 비명을 지르고 있었다.

내가 나에게 말해주었어야 했다. 나는 그저 내가 할

수 있는 만큼만 하면 된다. 무엇이 그렇게 절박했던 것일까.

밤에 잠을 자지 못한다. 그날도 그런 밤이었다.

학교에 가지 않으려 했던 것이 그저 어리광이었나 싶었다. 모든 것을 노력조차 하지 않고 쉽사리 포기하고 있지 않았나 싶었다. 앞으로의 날들을 헤쳐 나가려면 이것조차 못하면 안 될 텐데, 모두에게 주어진 일상 정도는 당연하게 해낼 수 있어야 할 텐데 하는 생각도 들었다. 객관적으로 나를 봤을 때 나는 꽤 괜찮았으니까 말이다. 더 이상 학교에 가는 것이 어렵지 않았고 사람 많은 곳도 두렵지 않았다.

그날도 학교에 다녀왔다. 색다른 경험이 있었으면 좋겠다 싶어서 무작정 조퇴를 하고 서촌으로 나섰다. 오랜만에 동대문에 들러 비즈도 가득 사왔다. 집에 돌아오고 보니 오후 2시였다. 정말 한 시간만 자고 일어나려 했는데 5시에 갈 예정이었던 헬스도 결국 가지 못했다. 헬스는 꽤나 좋아하니까 꼭 빠지지 말아야겠다고 생각하고 있었는데 말이다.

새벽 1시 반쯤 일어나서 새벽 5시까지 깨어 있었다. 잠이란 녀석이 하나도 오지 않았다. 또 실패한 하루가 내 앞에 양손 손허리 하고 기다리고 있을 것이라는 생각이 들었다.

가슴이 답답해서, 짜파게티 세 개를 한꺼번에 끓여버렸다. 라면 한 봉지도 다 먹기 버거운데, 두 개 끓이려다 고민 끝에 세 개나 뜯어버렸다. 먹으면 먹을수록, 그만 먹고 싶어지면 질수록, 이 짜파게티를 남기는 내가 패배자 같았다. 이길 수 있는 것이 하나도 없었다. 나는 음식에마저 지는구나 하는 생각이 들어서 정말 꾸역꾸역 집어넣어서 결국 그릇을 비웠다.

나 지금 아직 문제가 있는 거구나. 나 정상은 아니구나.

갖지 못한 것이 분했다. 대개 내가 갖지 못했다고

여겼던 것은 사람이었다. 사람과의 관계. 친구, 선생님, 어른, 언니. 한 사람만이라도. 한 마디만이라도. 나를 잡아주었으면, 내게 관심을 주었다면, 내가 이렇게까지 되었을까.

누구라도 나를 봐줬으면 좋겠다는 마음으로 삼키지 못하고 입에서 씹고 씹어 단내가 풍기는 내밀한 이야기들을 일기에 적었다. 나는 일기를 좀체 쓰지 않는 사람이었다. 애초에 활자를 읽는 것을 못했다. 쓰는 행위는 더욱 상상치 못할 일이었다. 그러나 어딘가 옮겨 적어야겠다는 마음이 더 강했다.

한 달에 고작 한 번 만나는 의사에게, 내 상태를 말할 수 있는 사람에게, 나를 좀 봐달라고 외쳐야 했다. 어쩌면 내가 어딘가 고장이 나서 이러는 걸지도 몰랐다. 의학적으로 증명이 가능해서 평생 괴로운 생각들을 달고 살지 않아도 될 수 있었다.

잠이 오지 않아 손에 땀이 스미는 새벽에 컴퓨터를 켰다. 온 집안의 불을 켜고 메모장에 모아둔 일기를 한글 파일에 옮겨 적었다. 곳곳에 숨어있는 포스트잇과 노트 따위를 전부 펼쳤다. 나를 알고 싶은 밤이었다. 알아야만 하는 밤이었다. 필사적이었던 것 같다.

다음 날 아침 들여다본 거울의 나는 빰이 붉게 달아올라 있었고 바닥엔 잘게 찢어진 종이들이 흩날렸다. 씻어 내리려 수도꼭지를 틀자 손목의 상흔이 아렸다.

일기 사이의 이야기들을 적어 내렸다.

6 —— 항해

7월 7일. 나는 7이라는 숫자를 필연적으로 좋아할 수밖에 없다. 행운의 숫자이자 나의 탄생을 알려주는 숫자이니까.

생일에 가족과 함께 놀이공원에 가는 것은 내 염원이었다. 어릴 적처럼 모두가 함께 아이처럼 놀고 싶었다. 우리는 우리 서로를 가장 잘 알고 있어서 서로를 배려하는 법을 가장 잘 알았다.

매버릭은 레고를 좋아한다. 어려서부터 레고 설명서를 보고 만드는 것을 좋아했다. 매버릭의 방에는 피아노, 타지마할 등 만들기 어렵고 보기엔 근사한 레고들이 잔뜩 전시되어 있다. 나도 어려서부터 매버릭을 따라 비교적 쉬운 레고들을 만들었다. 우리 가족은 레고에 대한 추억이 가득하다. 강원도 춘천에 새로 레고랜드가 생겼다. 우리가 안 갈 수 없었다. 매버릭은 개장 전에 이미 연간이용권도 사놓았다.

학교를 마친 후 엄마, 매버릭, 그리고 나는 서둘러 레고랜드로 출발했다. 학교가 끝나는 시간을 착각한 지라 레고랜드에 들어가 둘러볼 시간이 한 시간 반 정도 밖에 되지 않았다.

전날 폭우 예보가 났던 터라 사람이 없었다. 다행히도 비는 조금밖에 오지 않았다. 우비를 입고 비 오는 놀이공원을 돌아다녔다. 매버릭과 엄마, 나는 서로만이 통하는 것이 많다. 레고랜드에서 우리끼리 한 이야기에 추억이 많이 담겨 있어 즐거웠다.

커다란 유니콘이 상품으로 걸린 게임이 눈에 들어왔다. 병아리를 건지는 게임이었는데, 병아리 밑에 점수가 적혀 있었다. 나와 매버릭이 한 차례씩 뽑았는데 내 점수가 훨씬 높았다. 매버릭은 운이 안 좋았다. 나는 날짜 때문에 운이 좋았던 모양이다. 7월 7일은 나의 날이니까 말이다.

형광 푸른색 반짝이 눈의 코알라 인형을 얻었다. 택에 바나나라고 적혀 있어 이름은 바나나로 정했다. 나는 어려서부터 이부자리에 이불 하나, 베게 하나만 놓는 것이 마음이 편했어서 인형을 안고 자본 적이 없었다. 그런 나에게 처음으로 안았을 때 마음이 편해지는 인형이 생겼다. 최고의 생일선물이었다.

2022  0713

오전 9시, 사고 싶던 무지개 커튼을 사는데 성공했다. 천이 얇아서 이번 여름에는 햇빛과 함께 살아야 한다. 벌써부터 피부가 타는 듯하다.

오전 10시, 예약한 병원에 갔다. 어제 〈기묘한 이야기〉를 끝까지 다 보겠다고 꾸역꾸역 애쓰는 바람에 진료 볼 때까지 정신이 안 돌아왔다. 지난번에 하지불안증후군인지 알아보려 피검사를 했는데 아무런 이상이 없었다. 그럼 대체 내 다리는 뭐가 문제일까. 몸무게를 쟀는데 100.8이 나왔다. 이제 곧 3년 만에 두 자릿수로 돌아가는 게 가능할 것 같다.

약이 하나가 추가됐다. 선생님이 내게 조울증이 보인다 했다. 나는 이제 다 괜찮아진 것 같다며 행복한 기억들을 이야기했는데, 병의 증세가 호전되어서 즐거웠던 것이 아니라 더 악화되어 조증 증세가 나타났던 것일까. 걱정을 동반한 의문이 든다. 자꾸만 내 병이 유전 문제라는 생각을 떨쳐낼 수가 없다. 그렇다면 나는 아이를 낳으면 안 되는 사람인 거 아닐까? 아무래도 자녀는 갖지 말아야겠다. 아이에게 지어 주고 싶은 이름이 많은데.

조울증은 생각지도 못했기에 모르는 것이 너무 많다. 무얼 찾아봐야 나에게 도움이 될까. 어서 내가 뚜렷해졌으면 좋겠다.

내 증세와 관련이 있을 법한 책들을 읽었다. 두꺼운 전공 서적을 붙잡고 하염없이 읽어내렸다. 나와 비슷한 경험을 한 사람의 글을 읽고 싶었다. 이야기를 듣고 싶었다. 전문가들이 판단하고 연구 자료로 쓰인 내용 말고 사람의 이야기를 듣고 싶었다. 어디에도 내 또래의 청소년이 쓴 자신의 이야기는 존재하지 않았다.

내 상황이 지속될수록 나보다 더 아파하는 사람은 다름 아닌 엄마였다.

2022 DIARY 0715

앞으로 엄마와 나 둘 모두의 건강을 위해서, 특히 엄마의 건강을 위해서 내가 먼저 정신을 차려야 한다. 엄마는 본인의 건강을 위해서 나를 더 이상 압박하지 않을 것이다. 그니까 내가 자진해서 학원에 가고, 공부를 해야만 한다.
근데 내가 왜 조울증일까?

약이 또 하나가 추가됐다. 아빌리파이. 처음 보는 이름이었다. 나는 내가 괜찮아졌다고 생각했다. 약을 줄이고 그저 그런 평범한 삶을 살 날이 오기를 기대하고 있었다. 앞날을 기대한다는 것이 내게 얼마나 큰 의미였는지 아무도 모를 것이다. 오직 나만 아는 내 숨기고 싶지 않은 비밀이었다.

내가 왜 조울이야. 제발 하루 빨리 성인이 되어 내 진료명을 내가 알 수 있었으면 좋겠다. 그런 작은 바람이 들었다.

나나에게.

벌써 한여름이야. 마지막으로 우리가 만났던 때가 1월이었는데 반년이 흘러버렸네.

나는 그동안 무지하게 많은 변화가 있었는데 너도 그랬는지 궁금해. 물론 수능 준비로 바쁘겠지만 그동안 네가 무슨 생각을 갖고 어떻게 변했는지 궁금하고 기대돼. 여름도 충분히 느꼈어? 나는 여름을 한껏 마주하고 있어. 이제 여름이 싫지 않아.

이번 달에는 더는 영화관에서 영화를 못 볼 것 같았다. 엔딩 크레딧을 보며 여운을 느낄 기분조차 나지 않았다. 검정색 상자 안에 넣어놓은 실험용 쥐가 된 것 같았다. 얼른 상자에서 벗어났다. 밖은 밝았다. 사람이 우글거렸다. 다 벌레 같고 우습다.

이수역에 가면 늘 같은 코스로 마지막엔 중고 서점

에 들른다. 만화책-웹툰-한국문학-일본문학-세계문학전집 순으로 둘러본다. 그다음은 매번 다르다.

그날은 에세이 시리즈가 읽고 싶었다. 출판사의 편집 후기를 읽지 않고도 시리즈 전체를 관통하는 메시지를 스스로 알아차리고 싶었다. 집에 두 권이 있는 시리즈의 책을 펼쳐보지도 않고 집었다. 펼쳐보면 읽고 싶은 마음이나 읽기 싫은 마음이 들지도 모르니까. 이걸 시리즈끼리 모여 있는 책장에 꽂아 넣었다가, 지금 읽고 있는 책을 다 읽으면 서점에서 처음 집은 마음으로 꺼내 읽을 것이다.

계산대의 점원은 나에게 일 년에 한 번 행사로 판매하는 에코백을 추천했다. 저번엔 사지 않았었는데, 이번엔 어째선지 '15% 할인'이라는 말에 꽂혀 바로 구매해 버리고 말았다.

나는 간사하다. 쿡쿡 웃으며 걸었다. 웃긴 나를 소리 내어 녹음 앱으로 녹음했다. 소리를 저장하면 생각이 마침내 색깔을 찾는다.

참, 서점에 오는 길에 문구점 광고 포스터를 보아서 원래 가던 길 말고 다른 길로 갔다. 루비가 좋아할 법한 문구점이었다. 다꾸용 스티커, 키링, 마스킹테이프 등의 물건들이 넘쳐났다.

루비에게 전화를 걸었다. 루비는 나오지 않겠다고 했다. 루비에게 보이스톡을 걸었다. 나오지 않겠다고 했다. 루비에게 매장 사진들을 찍어 보냈다. 루비는 나오지 않겠다고 했다. 그래도 말 한구석에서 나올 기미가 보이는 듯했다. 집에 있을 엄마에게 전화를 걸었다. 루비는 아직 방에 있고 나올 생각이 없댄다. 나는 대단히 화가 났다.

심장이 부글거렸다. 친구와의 약속은 울면서도 나가면서 내 부탁은 듣는 척도 않는 루비가 야속했다. 나는 루비와 친해지고 싶었다. 머릿속으로 일기를 써 내려갔다. 마음을 차분히 하려 일기를 소리 내어 읊었다. 눈을 감고 귀를 막았다. 내 소리에만 집중했다.

루비는 내 동생이 아닙니다.

루비는 루비 그 자체입니다.

나에게는 루비를 제어할 권한이 없습니다.

나는 잘못되었습니다.

나는 루비에게 그 무엇도 아닙니다.

나는 루비보다 나이가 많고 생물학적으로 닮았습니다.

단지 그뿐입니다.

걸었다. 집으로 가야 하니까.

계속해서 범법 행위를 하는 상상을 했다. 편의점에서 빨간 뚜껑 소주를 살 생각을 했다. 소주를 가지고 앞 은행 건물 옥상으로 향하는 생각을 했다.

나는 한심하게 갈 겁니다.

나에게 새끼줄을 꼬아라 하면

물걸레 짜듯 한 번 대충 손으로 질겅이고

당신에게 넘길 겁니다.

그럴 겁니다 나는. 그러니 나는 한심하게 갈 겁니다.

반항심이 들었다. 내가 잘못되었다는 것을 알고 있었다. 생각이 멈추질 않았다. 빨간색 아스팔트가 용암처럼 보였다. 직사각형 모양 발에 꼭 맞는 사이즈의 아스팔트에 하나하나 발을 내딛으면서 불구덩이에 몸을 던지는 상상을 했다. 그러다 보니 또 다른 서점에 도착했다.

한참을 에세이 매대에 서서 시리즈를 찾아보았다. 모르던 시리즈물을 찾으려 했다. 지난번에 나에게 말을 건넸던 도를 아십니까 대학생이 옆 매대에서 다른 사람에게 책을 추천해 달라며 말을 거는 소리가 들려왔다. 나에게 한 것과 수법이 같았다. 내가 원하던 책을 찾지 못했다.

시집 코너에서 끌리는 제목의 시집을 꺼내 읽었다. 희곡집 코너에서 신춘문예 희곡집을 읽었다. 집에 들어가기 싫었다. 나나에게 선물한 시집을 내 몫으로 샀다. 그와 같은 것을 읽고 비슷한 감정을 느끼고 싶었다. 내가 나에게 남기는 생존 표시다.

의사 선생님의 말이 틀린 건 아니었던 것 같다.

무기력해져 학원 수업에 참석하지 않은 날이 한 달의 반을 넘겼다. 선생님들은 학원을 전부 관두라 했다. 지금 해보았자 나를 더 몰아세우는 것이라며 엄마에게 나를 가만히 냅둬보라 했다. 학원에는 쉬고 돌아오겠다고 연락을 취했다. 선생님은 쉬고 언제든지 돌아오라고 두 팔 벌려 환영해 주겠다고 했다.

그래서 명목상으로는 잠시 모든 것에 있어 휴식을 취하는 시간을 가졌다. 실질적으로는 그냥 해보고 싶던 것을 다 해보는 시간이었다. 비비안이 해달라는 거 몸이 좀 힘겹더라도 다 해주었다.

바다를 보고 싶었다. 하늘과 맞닿아 경계를 이루는 바다 표면의 윤슬을 마주하고 싶었다. 푸른 하늘을 하염없이 바라보고 싶었다.

독립 서점을 둘러보았다. 마음 편해지려 서점에 갔는데, 이상하게 뾰족한 마음을 품고 제목들에 괜히 트집을 잡았다.

「뚱뚱해도 괜찮아?」

나는 괜찮지 않습니다만.

「당신에겐 동심이 있나요?」

너무 많아서 탈입니다만.

태어날 적부터 우량아로 태어나 내내 비만 혹은 과체중으로 살아왔던 사람으로서 나에게 달린 이 지방들은 뼈와 같다. 없어지지 않는 내 친구들이다. 처음 눈을 뜨고 엄마가 나에게 거울을 보여주었을 때부터 있던 지방들이다. 분명 내 친구들인데, 태어났을 때부터 봐온 산부인과 동기 친구인데, 그 친구들 때문에 항상 남의 시선을 의식해 왔다.

나이가 들수록, 기억에 남는 날이 많아질수록, 엄마와 옷을 사러 가는 일이 어려워졌다. 내가 옷 가게에 들어서자마자 직원들은 나를 훑어보며 손님께 맞는 사이즈는 없다는 말을 반복하거나, 뭐 이런 데 옷을 사러 왔냐며 눈을 찌푸리며 고개를 젓고 손짓으로 나가라고 했다. 엄마는 요즘 우리나라 사람들 왜 이렇게들 날씬하냐며 옆에서 열심히 나 대신 분개해 주었지만, 모멸감과 수치심은 오롯이 내 몫이었다.

아이들은 '뚱뚱하면 돼지다' 이 공식만 알고 있다. 아이들의 순수한 말은 때론 더 가학적이었다. 유치원 때는 돼지 말은 거꾸로 들린다며 내 말을 온통 똥에 관한 말들로 바꾸었다. 초등학교 1학년 때는 너는 뚱뚱해서 어울리지 않으니 더 이상 우리랑 같이 친구할 수 없겠다고 했다. 3학년 때 다니던 공부방에서 나는 통칭 돼지가 되었다. 다 같이 놀이방에 갈 때면 두세 살이나 어린 남자애들이 나에게 "돼지야 올라와 봐"라고 하자 보다 못한 선생님이 나보고 아이들을 맘껏 때리라 했다. 온갖 서러움과 분노가 올라와 그 아이의 다리를 두 번 찼다. "돼지가 발도 뻗을 줄 아네"라는 말이 돌아왔다. 4학년 때는 나와 마주칠 때마다 얼굴이 너무 커서 항상 놀란다는 말을 아무렇지 않게 하고 다니는 아이가 있었다.

나는 개의치 않으려 했다. 뒤에서 혼자 주먹을 부들대긴 했지만 최대한 태연하게 넘기려 했다. 거기서 화를 내버리면 나만 이상한 아이가 되어버리니까, 적당히 받아치며 넘겼다. 그리고 잊었다.

자라며 나를 뚱뚱하다며 놀리는 아이들은 점차 사라졌다. 다들 친구의 외모를 놀리는 일이 실례라며 어디선가 배웠겠지. 나는 배우지 않아도 이미 알고 있었는데 말이다. 열다섯 살, 나는 그때도 여전히 남들보다 통통했다. 그쯤의 나이가 되면 아이들은 더 이상 외모를 가지고 놀리지 않는다.

나이 많으신 체육 선생님께서는 나를 체육관에서 마주칠 때마다 진지하게 살을 빼라고 하셨다. 나를 걱정하는 말임을 알기에, 그리고 선생님이 좋았기에 항상 빼고 있다며 장난처럼 웃고 넘겼다. 뒤에서 친구들은 저러면 안 되는 것 아니냐며 수군대고 선생님에게 그러지 말라는 눈짓을 보냈다. 뒤에 있는 아이들이 오히려 괘씸했다. 나는 초등학교 동창인 그 아이들에게 들은 말을 전부 기억하고 있었다. 어릴 적의 기억은 쉽게 잊히고 새로운 기억으로 채워진다지만 그런 순간들은 모두 뼈에 새겨져 있다. 아무에게도 말한 적 없기에 그 순간이 철저한 나의 것임을 안다. 너는 그랬다.

다 잊고 살았다. 이제 살로 놀리는 사람들도 지나가는 오지랖 넓은 아주머니나 택시 기사들뿐이니까. 몇 년 후 공부방에서 어릴 적 동네에서 함께 자랐던 아이를 보았다. 어느새 훌쩍 큰 아이는 어릴 적 모습과는 달리 상당히 통통해져 있었다. 내가 기억하던 모습과 달랐다. 고작 두어 시간 같이 있었음에도 불구하고 그 아이가 달라진 걸 느낄 수 있었다. 내뱉는 말이 강했다. 나가는 행동이 험했다. 그러나 나는 그것이 그 아이가 자신을 보호하기 위함이라는 생각이 들었다. 나 또한 그 기분을 느껴보았으니까. 마음에 울분을 쌓아

두던 나와 험한 말로 자신을 보호하던 그 아이는 돼지라는 말 하나로 우리가 되었다.

어느 날 내 어릴 적을 되짚어 보면서 걷다가 문득 내 소심함의 상당 부분이 통통했던 탓이라는 생각이 들었다. 혼자 옷 가게에 들어갔는데 맞는 옷이 없었을 때, 지하철 자리에 앉는 것이 양옆 사람에게 실례가 될까 봐 서 있을 때, 살을 빼야겠다는 마음을 바위보다 단단하게 먹었다.

헬스를 등록하고 2주쯤 다녔다. 자라에서 큰 세일을 한다는 소식을 접했다. 비가 엄청나게 쏟아지던 날 우산 하나에 엄마와 둘이 몸을 쑤셔 넣고 자라에 갔다. 기대는 없었는데 눈에 반짝 띄는 옷들이 많았다. 이 옷도 맞을 것 같고 저 옷도 맞을 것 같았다. 그간 맞는 사이즈를 찾느라 디자인은 신경도 쓰지 않았는데, 이제 찾는 것도 지쳐 아예 검정색 반팔티만 줄창 입고 다녔는데, 입을 수 있을 것 같았다. 힘내서 운동도 했으니까.

노란색 카디건 하나, 꽃이 달린 니트 조끼 하나를 샀다. 집에서 얼마나 그것을 입고 벗었는지 모르겠다. 다음 날 또 자라에 가서 재킷과 원피스를 사왔다. 그 다음 날 또 갔다. 5년 만에 청재킷을 입어보았다. 어쩌다보니 가을겨울쯤에나 입을 수 있을 듯한 옷들만 샀는데도 여름철에 굳이 입고 나갔다. 마릴린 먼로처럼, 비비안 수처럼, 오드리 헵번처럼 멋있게 걸었다.

시집 한 권, 에세이 한 권을 구매했다. 글자에는 이유 모를 끌림이 존재한다. 나는 늘 초반에 홀린 듯이 빠져든 책을 결국 구매했다. 서점 전체를 둘러보아도 결국은 처음 홀렸던 책으로 돌아갔다. 시집은 더욱 그랬다. 시집을 고를 때 나에게 가장 중요한 것은 표지 색이다. 그날 내 마음에 들어야 한다. 보통 통통 튀는 색들이다. 그 다음은 제목, 작가의 말, 목차 순으로 본다.

쨍한 분홍빛 시집을 사 왔다. 제목과 작가의 말이 한순간에 나를 사로잡아 구매했고 지하철에서 잠깐

본 목차가 나를 더 설레게 했다. 집에서 시집을 찬찬히 읽어 보다 눈물을 흘렸다. 오늘의 시집을 택한 기준이 슬픔은 아니었는데. 앞으론 어떤 시를 읽든 마음 단단히 먹고 큰 눈 양동이를 준비해야겠다. 다시 생각해도 이 시집 정말 색깔처럼 핫하다. 어떻게 이런 색을 이 시집의 표지로 할 생각을 했을까. 표제 시의 제목도 맘에 들었다.

오후에 지하철을 타고 곧바로 헬스장으로 향했다. 여기서 놀라운 일이 펼쳐졌다. 나는 평소에 계단을 올라가야 할 일이 있으면 한숨부터 푹푹 쉬었다. 자주 다니는 지하철역이면 에스컬레이터가 어디 있는지 꿰고 있고, 지하에서 올라가는 계단 중 어디가 가장 짧은지도 파악하고 있다. 그런 내가 계단을 고통 없이 다 올랐다. 일부러 유독 긴 계단 쪽으로 돌아서 갔는데도 아무렇지도 않았다.

헬스장에는 천국의 계단이라는 기구가 있다. 그걸 타고 있으면 정말 천국에 갈 것 같았다. 그 기억을 상기하며 이쯤이야 뭐 하면서 오른 게 효과가 있었다.

저녁엔 난생 처음 댄스 학원도 갔다. 엄청난 뚝딱이지만 그냥 열심히 몸 한번 쓰고 왔다. 이렇게 쓰고 보니 나 정말 장하잖아?

7 —— 닻

오랜만에 동네 마트에 들렀다. 마지막으로 언제 왔었는지 가늠조차 되지 않을 정도로 오랜만이었다. 코로나의 여파로 물건이 많이 빠져서 예전 모습이 아니었다. 시식 코너도 하나 혹은 두 개뿐이었다.

씻지 않은 당근과 감자를 비닐에 넣고 바코드를 붙이는 건 셀프로 해야 하는 일이 되었다. 아빠 말로는 코로나 이후로 이렇게 바뀐 지 꽤 오래됐다고 한다. 식품 코너에서 얼쩡거리다 한 아주머니가 하는 것을 보고 나도 따라 시도했다. 무게를 재니 바코드가 찍 나왔다.

시간의 흐름이 느껴졌다. 나는 예전에 머물러 있었는데 주변은 이미 많은 것이 변해 있었다. 내가 집에서 머뭇거리고 있는 사이 사람들은 빠르게 일상을 바꾸고 있었다.

언젠가부터 바다에 가고 싶었다. 한동안은 고요히 흐르는 물결의 모양 때문에 바다를 보기 싫었다. 그러나 끝내 바다에 닿았다. 하늘과 빛이 물과 만나 바다와 이루는 경계를 마주했다. 마음이 부풀었다. 무더운 여름임에도 불구하고 바람이 폭풍처럼 불었다.

바다에 얼굴만 빼꼼 내놓고 나를 둥둥 띄웠다. 윤슬 같은 기분을 내 안에 담았다. 나는 윤슬과 함께였다. 윤슬과 함께 하늘과 태양에 맞섰다. 태양이 내 눈보다 강해서 눈이 떠지지 않았다. 가소로이 여기고 눈을 감았다. 바다에서 유랑하는 빛의 일부가 되었다. 물살에 이끌려 점점 해안과 멀어졌다. 나는 바다만큼 거대해져서 무엇이든 파도로 휩쓸어버릴 수 있었다.

조울증 관련 책을 펼쳤다. 곧바로 나를 재정의해야 했다.

나는 아직 잠을 제대로 자지 못한다. 자는 시간에 자고 일어나는 시간에 일어나지만 여섯 시간을 자면 도중에 여섯 번은 깬다. 아침에 일어나 모든 활동을 다 개운하게 해낼 수 있지만 자고 일어난 직후 오늘도 잠이 이상했다며 침대를 내리쳤다. 뇌라는 기계의 수면이라는 부품이 제대로 작동하지 않는다면 뇌는 언젠가 삐거덕거리기 시작할 수밖에 없었다.

매일 필히 나가야 했다. 모든 학업을 잠시 멈추고 학교도 방학인 나는 갈 곳이 없었다. 그렇다면 푹신한 침대를 포함해 온갖 필요한 것이 있고 시원한 집에 있으면 될 것이다. 그러나 나는 매일 밖에 여러 번 나가야 했다. 집에 있으면 광(狂)의 문이 쾅 열릴 것 같았다. 집에서 나가면 필히 돈이 든다. 교통비든 뭐든 돈이 든다. 매일 적게는 오천 원 많게는 십만 원까지 쓰고 집에 돌아온다.

하나에 집중을 오래 하지 못해서 책도 완독과 거리가 멀어진 지 한참이다. 완독이 무슨 말인가. 책 제목과 작가의 말만 본다. 이 또한 지금은 문제가 되지 않지만 곧 내 병명으로 눈덩이처럼 불어날 것 같아 두렵다. 그런 불안들을 안고 살아가고 있다.

책을 읽으며 내 삽화들을 하나씩 정리했다.

나는 이제 병에 대해 알아갈 용기가 생겼다. 나를 끔찍하게 여기지 않기로 했다. 내 몸은 내가 조율할 수 없음을 알았다. 그저 살면 되는 것이다. 앞으로 살면 된다.

비비안은 이제 앞으로 나아갈 것이다.

3부

절정

8 — 선택의 여지

기숙사를 다시 등록했다. 나를 그 공간에 데려다 놓으면 거기 있었을 때처럼 괜찮아질 것 같았다. 실제로 그러했다. 나는 운 좋게 또 좋은 룸메이트들을 만나 즐거울 수 있었다.

단지 하나 마음에 걸리는 것은 1층 자습실이었다. 3학년 전용인 1층 자습실은 기숙사방을 개조해 침대와 옷장을 걷어내고 독서실 책상을 빽빽하게 벽을 보도록 세워놓은 공간이었다. 침대가 있는 기숙사 호실보다 집중이 잘 될 듯해 자습실에 공부하러 들어갔는데 첫날 첫 교시에 무언가 잘못되었음을 깨달았다.

답답했다. 정신이 아득해졌다. 글씨가 겹쳐 보였다. 식은땀이 종이 위로 쏟아졌다. 날아가는 정신을 잡으려 애썼다. 날아가는 글씨와 함께 내 정신도 날아가고 있었다.

2022 

0822

꿈을 꾸었다.

시간의 마법사가 시간을 앞당겨 내 육신은 그대로인 채 영혼을 빼냈다.

그러니까, 유체 이탈을 했다.

나는 꿈속에서 유체 이탈을 경험했다.

내 몸은 이미 침대에서 일어나 보건실을 나서고 있었다.

내가 보건실에 있었는지 확인하러 들어오는 3교시 담당 선생님도 마주쳤다. 학교 건물 구조가 이상했다. 특히 엘리베이터가 이상했다. 공사 현장의 간이 엘리베이터같이 간단한 철조 구조물만 있었다. 내가 알던 학교가 아니었다. 하지만 학교였다. 그것만은 분명했다. 이 장소는 학교였다.

꿈이라는 사실을 인지하고 있었는지는 모르겠다. 내가 드디어 미쳐서 환영을 보는구나 생각했다.

갑자기 돌아왔다. 보건실 침대에 누워 있는 나 자신으로. 천장에서 유원지에서나 볼 수 있을 법한 할로윈 분장을 한 성인 남성이 괴괴한 웃음을 지으며 번쩍 튀어올랐다. 놀라서 침대에서 곧바로 눈을 뜨고 벗어났다.

***

손끝 발끝이 이상하다. 내 몸이 중력의 사정 권한 속에서 벗어난 것 같다.

몸을 마음대로 움직일 수 없다.

잘 안 움직여진다. 빽빽하다.

윤활제를 발라야 할 것 같다.

1교시 내내 고개를 들 수 없는 잠이 눈으로, 또 얼굴로 쏟아져서 몸을 마음대로 가눌 수 없었다. 2교시 국어 시간에도 졸다가 좋지 않은 꿈을 꾸고 기분이 뻿뻿해져 3교시 영어 선생님께 속이 좋지 않다 말씀드리고 보건실로 향했다. 늘 그랬듯 꿈은 날아가게 내버려 두었다. 꼬리를 잡지 않았다. 꿈을 상기하지 않기 시작한 지 좀 되었다. 꿈을 잡지 않는 것이 내 건강에 그나마 덜 해로울 것이라고 판단했다.

보건 선생님께 잠시 한 교시 동안 쉬겠다 말씀드리고 침대에 누웠다. 그렇게 졸렸는데 잠에 쉽게 들지를 못했다. 안경을 벗고 옆으로 누웠던 몸을 똑바로 했다. 눈을 감고 양을 셌다. 잠에 든 것 같은 느낌은 좀처럼 들지 않았다. 어느샌가 나는 침대에서 일어나 밖으로 나가고 있었다. 그것이 꿈이었음은 보건실을 나온 후 겨우 알아챘다. 나서기 전 2분가량 나는 내가 진실로 겪은 일이라고 생각했다.

보건실을 나섰다. 엘리베이터가 멀쩡한지 당장 확

인할 필요가 있었다. 일과 시간 중에 학생이 엘리베이터에 탑승하는 건 특별한 사유가 있지 않은 이상 금지되어 있지만 다행히도 선생님들께서 엘리베이터를 함께 타도록 허락해 주셨다. 꿈에서 깨어나지 못한 채 멍한 걸음새로 엘리베이터를 탔다. 엘리베이터는 적당히 움직였다. 교실로 걸어갔다.

이 공간이 낯설게 느껴졌다.

이 세상이 낯설게 느껴졌다.

내 존재가 이질적이었다.

손가락과 발가락 끝이 유연하게 움직이지 않았다. 몸은 붕 떠 있는데 손가락과 발가락이 힘을 줘 공중에 뜨려 하는 나를 붙잡아 내리고 있었다.

아무래도 조퇴를 해야겠다.

눈을 감으면 다시 떠지지 않았다. 그 속에서 나는 환상과 꿈의 이름을 가진 가시밭을 보았다. 학교라는 공간에서 그러했다. 환상과 현실은 한 끗 차이였다. 한

끗 차이로 힘없이 빨려 들어갔다.

3학년은 자습실을 지하, 1층, 그리고 호실 중 선택할 수 있다. 나는 1층을 선택했었지만 그날 온 정신이 뒤집어진 다음 그 방에 가까이 가는 것조차 꺼려졌다.

기숙사 선생님께 자습실을 호실로 바꿔달라 요청했다. 선생님은 안 된다 하셨다. 이해는 되었다. 공동체 생활을 하는 중에 나 하나의 편의를 위해 결정된 사항을 바꿀 순 없는 노릇이다. 자습실을 바꾸지 않는 대신 자습 한 시간 후 호실에 올라가 휴식을 취할 수 있도록 해주셨다.

기숙사 보건 선생님이 석식 전 보건실로 잠시 와달라고 부탁하셨다. 전날 자습실 문제 때문에 부르신 것 같았다.

나는 먼지 알레르기 반응이 세게 올 때가 있다. 응급실까지 간 적은 중학교 3학년이 마지막이었다. 나는 정신적으로 힘이 들 때도 알레르기 반응이 일어났다.

학교에 알리기 싫어서, 내가 아픈 것을 알리기 싫어

서 2학년 때까지 꽁꽁 숨기고 지냈다. 동정이 싫었다. 선생님들 사이에서 다정함으로 포장된 이야깃거리가 되는 것이 싫었다. 그런 이유로 내가 토론거리가 되고 회의의 중심이 되는 것이 끔찍했다. 그래서 이야기하기가 싫었다. 하지만 3학년에 올라온 뒤 학교를 빠지고 보건실에 신세를 지는 일이 잦아지다 보니 날것의 나를 학교에 내비칠 수밖에 없었다.

기숙사 보건선생님은 나의 모든 것을 물어보았다. 학교 보건선생님과 담임선생님에게 알레르기에 대해 말하면서 어느 정도 해탈했기 때문에, 기숙사 보건선생님의 질문에도 대답했다. 선생님은 나를 탈탈 털고 물을 꽉 주물러 짰다. 구겨진 걸레가 되었다. 먹는 약까지 모두 말하고 나왔다.

나는 이제 모든 것을 드러냈다. 발가벗겨졌다. 하지만 이것으로 자습실을 바꿀 수 있다면, 기숙사에 머무를 수 있다면, 나는 괜찮다. 괜찮을 것이다.

바로 다음 날, 또 조퇴를 했다. 학교에 더 이상 있을 수 없었다. 또 가시밭이 눈꺼풀에 일렁거렸다. 온몸이 이 장소에 있기를 거부했다. 담임선생님이 조퇴증을 끊어주면서 기숙사에서 연락이 갈 거라며 조심스레 말했다. 불길해졌다. 학교에서 벗어나자마자 엄마한테 전화를 걸었다.

엄마,
나 아무래도 쫓겨날 것 같아.

학교의 붉은 아스팔트가 다시 용암처럼 들끓었다.

조퇴 후 다시 시간 맞춰 기숙사에 들어가지 않았다. 나는 촉이 좋은 편이었다.

2022 DIARY 0824

지하철에서.

이 꽉 차 있는 수박 같은 속마음의 출처를 모르겠다.

원인은 나(학교 가기 싫은), 지하철(움직이는), 나(지하철이 답답한), 나(멀미하는), 나(학교가 두려운), 나(시선이 무서운), 그리고 나 중 하나일 것으로 예상한다.

지하철 손잡이를 붙들고 버틴다. 내리면 안 된다. 버텨야 한다. 두 정거장하고도 버스 한 정거장 남았다. 버티자.

가방을 끌어와 앞으로 멘다. 가방을 꼭 감싸고 얼굴을 묻는다.

나는 섬유탈취제 향을 맡고 있다. 여기는 내가 아는 곳이다.

이방인이 된 듯한 기분이다.

어젯밤 예상대로 기숙사에서 엄마에게 전화를 걸었다.

저희가 아이의 응급 상황을 대처하기 어려울 것 같습니다. 통학을 하는 것이 나을 것 같다는 판단입니다.

아이에게 선택의 여지가 있을까요?

없습니다. 이삼일 내로 짐을 빼주세요.

기숙사 보건 선생님께 온몸을 먼지 한 톨 없어질 때까지 털린 지 불과 하루 만에 연락을 받았다. 요컨대 나가라는 말이었다. 그렇게 도와주겠다고 함께 잘 지내보자고 고운 말로 나를 하나씩 뜯어내더니 결국 24시간도 채 안 되어 나를 쫓아냈다.

단 한마디의 협의도 되지 않은 내용이었다. 일방적인 통보였다. 결국 그 어디에서도 나를 받아줄 수 없다. 고작 알레르기 때문은 아닐 것이다. 내가 먹는 약들의 목록 때문에 내보냈다는 사실을 나는 안다. 모를 수가 없다.

학교에서마저 나를 쳐냈다. 학교를 성인이 되기 전 마지막 보호처로 알고 있었다. 그렇게 믿고 있었다. 나는 그 얇은 보호막에마저 들어가지 못하는 철저한 이방인이었다. 여태까지 깨닫지 못한 것이 더 웃기다. 웃겨서 배가 아프다. 이가 시리다.

붙들고 있고 싶다.

한 줄의 끈이라도 붙잡고 둥근 지구에 둥근 곳이 있기를 믿으면서 발을 딛고 살아가고 싶다.

그런데 학교에 가는 것이 무섭다.

날 향한 입술들이 무섭다. 머리들이 무섭다.

생각에 날개를 달아주려 정처 없이 걸었다. 음악도 듣지 않고 아무 생각도 떠올리지 않으려 노력하며 팔다리를 뻗었다. 눈꺼풀 하나 옴짝하지 않았다. 주머니에서 진동이 울렸다. 출판사에서 연락이 왔다. 계약을 하자는 메일이었다. 고장 난 태엽 인형처럼 하염없이 움직이던 발이 굳었다.

9 —— 창작

글을 배우기 시작했다. 글을 만들어내기 시작했다. 허구의 글에서 약간 첨가된 나를 발견하면 그토록 기뻐하면서. 기숙사에서 쫓겨난 날 강남 교보문고 앞 버스 정류장에서 모든 것을 관둬버릴까 했지만 그러기엔 이미 물에 한창 적셔져 불고 불은 날들이 가득했다. 그날 나는 출판사의 메일을 받고 곧바로 글쓰기를 배울 수 있는 학원을 검색했다.

유학은 미루어도 좋았다. 내가 하고 싶은 일을 찾았다는 것이 더 중요했다. 어차피 이 고루한 사회에서 벗어나고 싶었을 뿐이니까 말이다. 나는 사교육이 만연한 한국 사회를 그토록 싫어했다. 그럼에도 여기에 절여지고 버무려져 무언가를 배우려고 들면 무조건 학원부터 검색하고 보았다. 이런 나를 바꾸고 싶다는 욕구가 컸지만, 대학이라는 관문만 먼저 제치고 나면 바뀔 기회가 얼마든지 있을 것이었다.

하고 싶은 것으로 대학을 갈 수 있었다. 그토록 바라고 원했던, 가족들 눈에라도 들려면 필히 거쳐야 했던 관문을 하고 싶은 것을 해서 갈 수 있었다. 그것을 이제야 알았다.

2022 DIARY 0924

수능 D-53

왜 대학을 가야 하지? 내가 추구하는 삶의 길에는 대학이 꼭 필요치 않다. 아마 그것을 인식한 순간부터였던 것 같다. 나는 대학의 필요성을 느끼지 못하는 나에 심취해 있었던 것이다.

대학을 나오지 못한다고 꼭 실패한 인생은 아니다. 그러나 나는 여태 무엇 하나를 끈질기게 해본 적이 없다. 생계로 삼을 만큼 특출한 재능이 있는 것도 아니다. 그러면서 화려한 인생을 꿈꾸는 건 남들의 노력을 무시하는 것일까? 다른 사람들이 인터넷에서 하는 말들을 귀 막고 듣지 않은 것이 문제였을까?

날이 갈수록 쓸모없는 사람, 쓸모없는 인생이라는 것이 무엇인지 알게 된다. 내가 여태 만나온 사람 중에서 쓸모없는 사람은 단 한 명도 없었는데. 나는 정말로 쓸모없는 사람이 될 것 같다. 내가 그 첫 타자를 할 것 같다.

수능 원서를 낸 이 순간 이런 생각을 하는 것은 그저 회피일 뿐이라는 말을 들었다. 맞는 말이지만 어째선지 답답해진다. 부정적인 생각뿐인 머릿속이 마음에 안 든다. 왜 나는 결국 그런 끝에 도달하는 것일까. 감히 밖으로 내뱉을 수 없는 생각. 그것이 돗자리를 펴고 피크닉을 하고 있다. 다시는 접지 않을 돗자리로.

아무 곳에도 내뱉을 수 없던 말을 여기에 적어본다. 내가 나에게 감히 생각조차 허용하지 않았지만 계속해서 온 머리를 채우는 생각을.

수능 날 아무도 모르는 곳으로 사라져 버리고 싶다.

10 — 진짜 가짜

엄마는 무섭다?

엄마는 무서워.

엄마는 너무너무 무서워.

매일 배가 너무 아려. 속이 다 문드러질 것 같아. 잠도 못 자겠어. 누울 수가 없어. 네가 또 아침에 학교 못 갈까 봐, 나중에도 먼 미래에도 이렇게 누워만 있을까 봐. 너무너무 무서워.

돌아왔다. 원래의 나로. 나름 평범하고 규칙적인 생활을 했던 나는 다 가짜 같다. 얌전히 책상에 앉아 수능 특강을 풀던 나는 전부 가짜였던 것이다.

일어나자마자 침대 정돈하기, 섬유탈취제 따위에 신경 쓰지 않기, 적당한 시간에 일어나기, 적당한 시간에 혼자 잠들기, 약에 의존하지 않기, 운동 다니기, 몸무게 신경 쓰기, 독서하기, 아침에 학교 가기, 야식 먹지 않기, 공부도 끼워 넣기, 영화나 드라마(허상의 것)에 몰입하지 않기.

침대 잔뜩 허브향 섬유탈취제 뿌리기, 태블릿을 침대 옆 벽에 기대서 영화나 드라마 보기, 학교 빠지기, 학원 빠지기, 짜파게티 세 개씩 입에 욱여넣기, 먹어도 먹어도 배고프기, 온몸으로 추위 느끼기, 식은땀 흘리기, 며칠 안 감은 머리, 늘 입는 원피스 잠옷, 엄마한테 같이 자자고 하기, 밤에 베개 들고 노래 부르며 돌아다니기, 만화 보기, 옷 산 쌓아두기, 낮잠 자기.

이게 진짜 나다. 진짜 나는 텍스트를 단 한 줄도 읽지 못한다. 만화도 이미 내용을 알고 있는 만화의 그림을 보는 것뿐이다. 활발하게 영화나 드라마를 보게 되니 갤러리에 새 사진이 차곡차곡 쌓인다. 사실 가짜 나로 사는 동안에는 갤러리에 사진이 전혀 업데이트 되지 않았다.

가짜 나로 살면서 알게 된 것이 있다. 고작 일 년 사이에 내 앞길은 시시각각 바뀌었다. 1월에 관리형 독서실을 다닐 때는 내가 일본 유학을 준비할 것이라곤 생각을 못했고, 일본어를 배울 때는 내가 갑자기 글을 쓸 것이라고 생각 못했다. 하물며 다시 수능을 보겠다고 선언할 때까지 내 일 년은 번복의 연속이었다.

엄마 내가 이 글을 쓰는 게 맞을까? 처음에는 나를 정리하고자 썼는데 내가 다른 사람이면 이 글을 보기가 싫을 것 같아. 그래서 한 달 정도 보지도 않고 내버려 됐거든. 객관적으로 볼 수 있을 때가 오면 그때 보기로 하고. 한 달 뒤에 다시 펼쳐 보니 내 글은 너무 유치하고 애 같아. 이렇게 자기 연민으로 가득 찬 글을 누가 읽고 싶겠어.

아이는 자라면서 감정을 하나씩 체득해. 왜, 초등학생은 자살을 할 수 없다는 이론이 있잖아. 어린아이는 그런 높은 단계의 감정을 느낄 수가 없어. 그런 고급 감정은 대부분 열다섯에서 열여섯 즈음에 생기는데, 사람이 가장 마지막에 배우는 감정이 절망과 자기 연민이래. 너는 크는 과정인 거야. 그 과정에서 거쳐야 하는 감정인 거고. 전혀 이상하지 않아. 이상하다 느낄 필요 없어. 너는 말 그대로 성장 중인 거야.

나는 고통과 번뇌 없이도 충분히 성장할 수 있다고 생각하는데, 그렇게 굳게 믿고 있는데. 나는 고통만 있고 성장은 없는 것 같아. 성장통이란 말은 다 거짓말

이야. 나는 언제까지 커야 해.

이제 얼굴도 모르는 누군가가 남모르게 홀로 견뎌왔던 내 시간을 들여다볼 수도 있다는 것은 받아들이기 쉬운 일은 아니었다. 내가 내 손으로 원고를 썼음에도 그러했다.

언제나 감춰왔던 감정이었다. 감추는 것은 곧 습관이 되었지만 간절하게 친구의 도움을 받고 싶었던 적도 있었을 뿐더러 그럴 때가 적지도 않았다. 어느새 외워버린 친구의 전화번호를 썼다 지우는 일을 반복했다. 내게 필요한 도움은 거창하지 않았다. 그저 전화를 받아주는 일, 해맑은 목소리로 여보세요를 말해주는 일, 단지 그뿐이었다. 그 소리만 들으면 다 괜찮을 것 같았다. 더 이상 숨이 막히지 않을 것 같았다. 죽기 직전의 기분에서 벗어날 수 있을 것 같았다.

고등학교 입학 전 겨울방학이었다. 고맙게도 나를 계속 밖으로 불러 내주는 친구가 있었다. 한없이 즐거웠지만 마음속에는 두려움이 도사렸다. 내가 갑자기 숨을 못 쉬면 어떡하지, 쓰러지면 어떡하지, 갑자기 기억을 잃어버리고 이상한 말을 하면 어떡하지. 그 당시는 기억의 파편들이 조금씩 사라지고 있던 시기였다. 사소한 것부터 때론 큰 것까지 기억이 사라졌었다.

나도 모르는 사이 들켜버릴까 무서운 마음에 친구에게 말을 더듬으며 고백했다. 내가 갑자기 이상한 말을 하더라도 놀라지 말라고. 아무래도 나 요즘 좀 문제가 있는 것 같으니 그냥 그러려니 하라고. 그 말을 뱉은 직후 무언가 잘못됐음을 느꼈다.

반복되는 시련은 인간을 강하게 만드는 것이 아니라 녹슬게 했다. 그 사실은 나를 오래도록 괴롭게 했다. 무의미하게 흘려보낸 시간은 작년의 달력처럼 아무 쓸모도 의미도 없었다.

두 발을 딛고 걸을 수 있음에 만족해야 했다. 남들은 멈추지 않고 뛰어왔는데 나는 아직도 출발선에 머물러 있었다. 그래서 도피로와 지름길을 찾아 헤맸다.

레인에서 벗어나기 위해 일본 유학길을 택했다. 여러 번 금이 가 헐거워진 발목은 나를 계속 넘어뜨렸다. 목적 달성하기가 녹록하지 않자 나는 대학을 갈 방법으로 문예창작과 준비를 택했다.

결국 모든 것은 도피가 습관이 되어버린 지금의 내가 되어버렸다. 나는 끊임없이 그 사실을 부정했다. 어쩔 수 없었던 거라고, 나는 꿈을 좇을 뿐이었다고 나를 합리화했다.

11 — 도망

아빠가 말했다. 도망치는 사람은 도망만 친다고. 자신이 변할 줄 안다는 바보 같은 믿음만 가진다고. 절대 변하지 않는다고. 단단히. 아주 단단히 말했다. 아무도 없었다고. 바뀐 사람은 단 한 명도 없었다고.

아니야. 그렇지 않아. 그거 나잖아. 아빠가 말하는 사람 나잖아. 도망치는 사람. 그거 나잖아. 그거 나는 여태 살아온 대로 앞으로도 살아갈 거란 얘기잖아. 싫어. 나는 이렇게 살기 싫어. 잔인해. 아빠 잔인해. 그 말 너무 잔인해. 잔인해. 정말로 잔인해. 잔인해. 잔인해. 잔인해. 잔인해. 잔인해. 잔인해. 잔인해. 잔인해. 잔인해. 잔인해. 잔인해. 내가 말한 건 그런 게 아니었는데. 그냥 나아가고 싶다는 얘기였는데. 잔인해. 잔인해. 잔인해. 잔인해. 잔인해. 잔인해. 잔인해. 잔인해. 무언가 속에서 물컹거려. 목에서 입 안으로 넘어와. 뱉어보니 심장이네. 붉은 심장이네. 빨갛네. 빨갛다. 엄청 빨개. 이것 봐. 보라색이 아니야. 시체가 아니야. 내 심장은 아직 빨간색이야. 아빠랑 같은 빨간색이야. 나도 그래. 나도 같아. 나도 살 수 있어. 나도 스무 살이 될 수 있고 서른 살이 될 수 있어. 나도 그렇게 살 수 있어. 입에 피가 흥건해. 웃는 남자 같다. 웃는 남자 같아. 그윈플렌 같아. 입에 다시 심장을 넣어. 뛴다. 뛰어. 내 심장이 뛰어. 빨개진 뺨에서 박동이 느껴져. 살짝 입 밖으로 삐져나온 핏줄을 깨물어. 어. 동맥인가. 이건 동맥인가. 잘 안 끊기네. 몸을 떨어. 부르르 떨어. 동맥을 끊으면 돼. 나는 아무것도 못 하지만 이에 힘주는 건 할 수 있어. 어 나도 할 수 있어. 할 수 있는 게 있어. 도망치는 것만 할 줄 아는 줄 알았지? 깨무는 것도 할 수 있어. 봐봐. 끊어졌잖아. 힘을 내서 끊었잖아. 결실을 맺었잖아. 온 얼굴이 피로 물들었잖아. 빨개. 온통 시뻘개. 수축한 심장은 불이 되었어. 활활 타올라. 이제 나는 없어지겠지. 동맥을 끊었으니까. 재로 변할 거니까. 없어질 거야. 흔적 없이 사라질 거야. 다행이다. 도망치지 않아도 돼. 나는 도망치는 게 아니야. 결실을 맺었으니까. 그에 따른 응당한 결과를 치르는 거야. 봐. 덤덤히 잘 받아들이고 있잖아. 활짝 웃고도 있잖아. 나를 보라니까. 나는 아니야. 그러니까 나는 아니야. 나는 살 수 있어.

12 — 오자키 유타카

더 이상 서점에서 망상을 하지 않는다. 오자키 유타카의 노래를 들어도 한밤에 훔친 오토바이를 타고 달리며 옷 안으로 손을 마구 집어넣는 바람을 느끼는 장면이 머리에 그려지지 않는다.

결연한 표정으로 오토바이 위에 앉던 내가 없다. 오토바이는 주차장 한편에 반듯이 주차되어 있다. 나는 그 사실을 담담히 받아들였다. 무척이나 담담해서 그런 나에 조금 놀랄 정도였다.

자주 거르던 약을 꾸준히 먹으니 잠이 잘 왔다. 하루에 13시간은 꼬박 잤다. 집 앞으로 속속들이 도착하는 엄마 아빠 지인들의 초콜릿을 받았다. 수능 대박. 합격 기원. 그래요. 고맙습니다. 두 문장과 함께 초콜릿을 입에서 녹였다.

수능이라는 거사가 내게 특별하게 다가오진 않았다. 그저 오랜만에 보는 모의고사, 그쯤에 그칠 뿐이었다. 고등학교 3학년에 들어서고 나서 유학 공부 또는 생리통을 핑계 삼아 모의고사를 치지 않았다. 오래 앉아 있으면 엉덩이 좀 아프겠는걸. 그저 그 생각뿐이었다. 누군가 내게 수능 전날 무얼 했느냐 물으면 답하기 위해 전날에는 『소녀종말여행』을 읽었다.

4부

다시, 전개

13 — 그러니 꿈을 꾸시오

골방에 갇혀 있는 듯했던 내가 아르바이트를 시작하고 점차 밖으로 발을 내딛기 시작했다. 파도처럼 떠밀려오는 새로운 감정들에 대해 무감해졌다. 이토록 담담하게 받아들일 수 있다는 것이 나 스스로 놀라웠다. 새롭지 않은 감정들에 대해서는 여전히 무방비 상태였다. 정의 내릴 수 없는 감정들이 나를 내

리눌렀으며 나는 그 감정들의 이름을 모르기에 혼란스러웠다.

2023  0105

나 잘 살아? 나 잘 산대? 부처님이 그랬어? 나 살 수 있대? 나 살아 있대? 나 보인대?

아무에게나 데려가 줘 내 미래가 보이는 사람한테 그 미래를 설명해 달라 그래봐 평소처럼 아르바이트를 하고 있어도 좋아 자고 있어도 좋아 그냥 숨이 붙어 있는지 가루가 되어버리진 않았는지 그것만 확인해 주면 돼

나를 데려가 줘 확인시켜 줘 아무것도 못 하겠어 나는 안 보여 나는 하나도 안 보여 신을 안 믿어서 그런가 봐 종교가 없어서 그런가 봐 벌 받았나 봐 나 엄마 나 그런가 봐

자꾸 죽는 꿈을 꿨다.

잠긴 옥상 철문의 문고리를 필사적으로 쥐고 흔들었다. 쫓아오는 것이 있었다. 죽지 않으면 안 됐다.

학교를 가지 않는 날이면 눈꺼풀을 내리쬐는 햇빛에 간신히 고개를 들어 영화를 틀었다. 내가 보는 영화는 대부분 미성년들의 이야기를 했다. 미성숙한 자들. 아직 보호받아야 마땅한 자들. 테두리 안을 벗어나고 싶어 하는 자들.

나는 집에 홀로 남겨진 네 살 아이가 되기도 했고, 일본에서 스포츠 동아리 활동으로 전국 제패도 해보았으며 대만에서 누군가의 아련한 첫사랑 상대가 되어보기도 했다. 내가 보는 영화는 대개 그런, 유치하다고 일컬을 수 있을 만한 것들이었다. 하지만 나는 그런 것들이 좋았다.

유치하다는 감정은 어렸을 적 겪었던 사건이나 감정을 시간이 지난 뒤 다시 느낄 때, 그런 상황에서만 쓸 수 있는 말이라 생각했다. 나는 겪지 못했기에 전혀 유치하지 않았다. 카뮈나 발자크가 쓴 책 속의 삶보다 만화책 속의 삶을 살기를 원했다. 이성적으로 생각할 수 있는 어른보다 충동적으로 행동할 수 있는 아이가 되고 싶었다.

이제 모든 것이 소용없었다. '나도 저런 학교생활을 할 수 있어'라고 다짐할 수 없었다. 학교와 학생이라는 신분에는 유효기간이 존재했다. 나는 이 사실을 잊고 있었다. 어른이 된다는 게 현실로 다가오자 나는 영화를 껐다. 전하지 못할 편지들이 메모장에 쌓여갔다.

2023 DIARY 0129

토마토에게

쓴 커피로 잠을 쫓아내던 밤에

창문 깨진 낡은 빌라들만 가득한 재건축 단지 속

홀로 동네를 밝히고 있는 야간의 편의점을 지키면서

챙겨온 시집을 읽다가

문장들이 훅 손가락으로 쏟아져서

급히 종이를 사서 쏟아지는 문장들을 받아냈어

그냥 네 생각이 났어

그저께 너에게 줄 편지를 써서 그런가 봐

머릿속에서 네가 오리 튜브를 타고 둥둥 떠다녀

동네에 별이 가득해

놀러 와 우리 또 놀자

출간될 원고를 퇴고하면서 나한테서 나오는 문장들에 익숙해졌다. 살기 위해 포장 없이 뱉어내었던 글들을 많이 고칠 순 없었다. 산문 쓰는 법을 얼추 배운 지금, 그 글들을 고치면 날것의 느낌이 모조리 사라질 것만 같았다. 어느 날은 부끄러움에 몸서리쳤고 어느 날은 참을 수 없어 키보드의 백스페이스 바를 멍하니 누르면서 활자들이 사라지는 모양을 가만 지켜보았다.

슬프다. 울었다. 나는 일기에 저 말들을 자주 썼다. 지금 나를 지배하는 감정이 사라지기 전에 형용해서 써내야 한다는 생각에 단정 지어버린 감정들이었다. 이상하게 저 단어들을 마주하는 나는 전혀 슬프지 않았다.

졸업 전 마지막 날 한 선생님의 퇴임식이 있었다. 모두가 선생님을 위해 축복하는데 나는 너무 추웠다. 너무 추워서 털이 바짝 솟은 팔을 쓸어내렸다. 비는 것처럼 손을 비벼댔다. 패딩을 껴입어도 뼈가 시린 듯한 추위는 가시지 않았다. 내가 신을 믿지 않아서일까 생각도 했다. 기독교 학교에 다니는 사람이 자꾸 불신만 내비치기 때문인가도 싶었다.

14 — 메론빵

입시가 끝났다. 총 다섯 번의 실기가 있었고 첫 번째로 친 실기에서 만족스러운 글을 쓰고 나왔다. 내 글에 만족했기에 합격할 거라는 막연한 믿음이 있었다. 자연스레 그 대학은 1지망 대학이 되었고 나는 기대에 부풀었다.

발표날이 다가오고 있었다. 떨어지면 어떡하지. 불

합격에 대한 압박감은 상상을 초월했다. 불합격과 그 이후의 나를 상상할수록 어딘가 멀리 사라져 버리고 싶었다. 나는 최대한 멀리 떠날 수 있는 열차를 예매했다. 아무런 연고도 없는 곳에 혼자 있고 싶었다.

그 동네로 정한 이유는 단지 메론빵이 먹고 싶어서였다. 나는 목적지로 향하는 열차 안에서 다이어리에 메론빵 세 글자만을 적었다.

발이 쉽게 움직이지 않았다. 불안감이 온몸을 휘감은 탓에 달리 동네를 살펴볼 여유가 생기지 않았다. 나는 줄곧 기차역에서 맴돌았다. 여유롭게 동네를 거닐며 카페에 들를 생각이었는데 열차에서 내리자마자 그럴 수 없음을 직감했다.

억지로 몸을 일으켜 동네를 거닐었다. 남쪽은 따뜻할 줄 알고 얇은 코트를 걸친 것이 잘못이었다. 추운 몸과 터질 듯한 머리로는 어딜 돌아다닐 수가 없었다. 어딘가 따뜻하게 있을 곳이 필요했다. 내 발은 영화관으로 향했다.

2시가 다가왔다. 영화는 2시 10분에 시작했다. 배가 아팠다. 영화관 의자에 앉아 가쁜 숨을 가다듬었다. 열다섯 살의 밤들이 스쳐 지나갔다. 그것도 잠시였다. 머릿속엔 지난날을 회상할 여유 공간이 없었다.

2시가 되자 홈페이지에 곧바로 수험번호를 입력했다. 압박감에 시달렸던 지난날이 무색하게 결과 창은 금방 떴다. 불합격이었다. 예비 번호조차 뜨지 않았다. 연신 새로고침을 하며 내 눈앞에 있는 것이 맞는지 확인했다. 틀림없는 불합격이었다. 10분이 지나자 어김없이 영화관 화면에 광고가 떴고 곧이어 영화가 상영되었다. 영화관이라는 공간에 나 자신을 앉혀두고 멈출 수 없는 스크린을 보고 있으면 예전처럼 점차 진정될 거라고 생각했다. 하지만 예상과 달리 마음이 좀처럼 가라앉지 않았다. 예상과 달리 마음이 좀처럼 가라앉지 않았다. 가라앉지 않는 내가 이상했다. 담담하게 불합격 사실을 받아들였다. 영화도 집중해서 보았다.

영화가 끝나고 메론빵을 사러 갔다. 핸드폰이 끊임

없이 울렸지만 답할 용기는 차마 나지 않았다. 미리보기 창으로 확인하자 엄마의 메시지가 잔뜩 쌓여 있었다. 엄마는 끊임없이 나를 확인하려 들었다. 내가 죽진 않았는지 확인하려는 것처럼 보였다. 나 그렇게 쉽게 죽지는 않는데. 그런 생각이 들면서도 '엄마 나 살아 있어' 하고 보낼 수 없었다.

2023  0203

메론빵을 먹어야 하는데. 메론빵을 먹었어야 하는데. 메론빵을 먹고야 말겠다는 마음으로 여기까지 왔는데 메론빵이 맛이 없다. 너무 맛없다. 오래 고여 있던 침과 섞여 이상한 맛이 난다. 아니 그냥 맛이 없다. 무맛. 모르겠다. 메론빵을 버린다. 집에 가서 같이 먹겠다는 생각으로 남아 있던 걸 모조리 쓸어왔는데. 맛이 없어서 못 가져다주겠다. 봉투에서 새어 나오는 냄새를 버티기 힘들다. 드라큘라도 내 목을 베어 물어보면 맛이 없다고 버려버리겠지. 그럼 나는 쓰레기통 안에서 쏟아지는 라면 국물을 목욕탕 폭포처럼 맞고 있겠지. 그러고는 눅눅해져 쓰레기통에 들러붙겠지. 그걸 치우는 알바생은 힘들겠다. 짜증나겠다. 나를 치워야 해서.

담담하다 생각한 감정이 솟구친 건 메론빵을 베어 문 직후였다. 주체할 수 없는 마음이 저 아래서부터 끓어올랐다.

내가 언제부터 대학을 그렇게 가고 싶어 했다고. 말은 그렇게 하면서도 손으론 재수 학원을 계속 찾아봤다. 학교라는 곳에 더 묶여 있고 싶었다. 비슷한 생활을 하고 비슷한 고난을 겪으며 뻔한 드라마의 주인공이 되고 싶었다. 뻔하디 뻔해서 더 이상 마주하기도 싫은 이야기가 되고 싶었다.

붙은 대학에 등록했다. 동사무소에 가서 여권을 만들었고, 자취방을 계약했고, 편의점에서 일을 했다. 긴

장이 사라져 잠이 늘었다. 어릴 적에 매일 같이 함께 놀았지만 이젠 주민등록증 속 이름을 마주해야만 알아볼 수 있는 친구들 여럿이서 술을 사 갔다. 돌아갈 집이 있고 갈 학교가 생겼지만 그게 뭔가를 바꾸진 않았다.

알아들을 수 없는 언어로 대화가 오가는 여행지에서도, 새로운 사람들을 만난 모임에서도 나는 변함없었다. 교차로 한가운데 우두커니 서 있었다. 외로우나 외로움을 견디지 못하는 사람이었다. 환경이 바뀌면 나도 바뀔 줄 알았다. 여행을 떠나면 큰 깨달음을 얻을 줄 알았다. 주변 환경이 바뀌면 나 또한 바뀔 줄 알았다. 아무것도 들어서지 않은 텅 빈 자취방 안에서 홀로 도시락을 까먹으며 문득 이렇게 평생 홀로일 것이라는 생각이 들자 무서워졌다. 그리고 그런 생각의 끝은 늘 예상 범위 안에 있었다.

매버릭, 루비와 함께 떠난 여행에서 나는 쉴 새 없이 목이 메었다. 스무 살이 되면 달라질 거야, 스무 살만 되면 벗어날 수 있을 거야, 그렇게 생각했었다. 실오라기 같은 희망을 억지로 짜내면서 여태껏 살아온 걸지도 모른다.

희망이 사라지자 앞이 까매졌다. 한 줌의 빛없이 어둠만이 고여 있었다. 한참을 웃고 떠들다가도 의견이 맞지 않아 서로 언성을 높이다가도, 전철에서 멍하니 앉아 있다가도 불쑥 극단적인 생각이 치밀었다. 단순한 생각이 아니라는 것을 느끼고 있었다. 온갖 방법을 생각하며 그에 필요한 물건들을 인터넷으로 검색해 보고 있는 나를 직시하면서도, 위험하다는 경종보다 이제 정말 끝이라며 나를 다독이는 목소리만이 머릿속에 울렸다.

나는 여전히 충동적이고 극단적이다. 여러 일을 겪으면서 조금 성장했을 법도 하지만 나는 늘 혼자였고 혼자였기에 조금도 성장하지 못했다. 그러나 나는 계속해서 나를 바꿀 것이다. 바꾸려 들 것이다. 해보지 않은 것들에 도전하고, 새로운 시도를 거듭해 나갈 것이다.

머물지 않기로 다짐했다. 머물면 나는 또다시 열다섯 살로 돌아갈 것이고 4년이란 시간 속에 갇혀 살 수밖에 없다. 지난날을 잊지 않을 것이다. 모두 짊어지고 되새기며 차츰 나아갈 것이다. 버거운 내일도 죽고 싶은 모레도. 어쩌면 기대치 못한 것이 나를 기다리고 있을 수 있다는 믿음을 버리지 않으면서. 담백하게 살 수 있는 하루를 기다릴 것이다.